血の繋がらない私たちが
家族になる
たった一つの方法
雲雀湯
illust.
天谷たくみ

葛城　翔太
KATSURAGI SHOTA
長年離れていた両親の復縁に伴い、子供の頃ぶりに英梨花と一緒に暮らすことに。
ピタリと肩と肩がくっつく、年頃の兄妹としては不適切な距離感。右手から伝わる大きさ、柔らかさ、絡む指の動きに体温。それらは何もかもが美桜と違い、しかしはっきりと異性を感じさせられる。

「確かに、こうすると兄さんがよくわかるね」
葛城　英梨花
ATSURAGI ERIKA
翔太の義理の妹。北欧の血を引く翔太の父親の遠縁らしく、透き通るような美少女。見た目はクールだが、人見知り。

「どったのこれ？」
「あぁ、こないだ和真に押し付けられた」
GOJO MIO
五條 美桜
翔太とは小学校に上がる前からの筋金入りの腐れ縁。男女を意識する前からの幼馴染で、遠慮のない仲。

「エロい？ どちゃシコ系？」
「ん～、どちらかと言えば
グッとくる系？
読めばわかる」
「へぇ～」
そう言ってエロ同人誌を拾い上げた
美桜は、そのまま翔太のベッドの上
でゴロリと寝転び読み始める。

「しょーちゃんそれ、
こいつは俺のだぜアピール？
まぁえりちゃん可愛いもんね、
気持ちはわからなくはないけど」
「や、ちが、
これはだな、その……っ」

「ん、仲良しアピール」
「んじゃ、あたしはこっち。
これであたしも仲良し！」

contents

illustration by 天谷たくみ
design by タドコロユイ+百足屋ユウコ（ムシカゴグラフィクス）

血の繋がらない私たちが家族になるたった一つの方法

雲雀湯

角川スニーカー文庫

23925

プロローグ　△　再会

気の早い桜が蕾《つぼみ》を付け始める春先だった。

長年離れていた両親が復縁するからと設けた食事会。

翔太《しょうた》は小学校低学年振りに顔を合わせた妹、英梨花《えりか》の変わりように目をくぎ付けにされ息を呑《の》む。

「久しぶり、兄さん」

「英梨花、なのか……？」

涼やかな目元にすっきり通った鼻筋、スラリと伸びた長い手足。雪のように白い素肌に、月の輝きにも似たミルクティを思わせる髪をなびかせる様はとても綺麗《きれい》で大人びており、かつての姿と重ならない。

幼い頃の英梨花といえばすぐ泣いて、引っ込み思案。そしてちょっぴり甘えん坊。

だけど目の前の彼女は凛《りん》として泰然自若。

どこかクールな印象を受ける、とびっきりの美少女。

思わずまじまじと見てしまったのも、仕方がないことだろう。

直前まで抱いていた、自分が守ってあげないとだなんて考えはどこへやら。

翔太がまごつく隣で、母が英梨花に話しかける。

「まったく、この人ったらいつまでもふらふらして。英梨花、苦労してない？」

「別に。自由で気楽」

「ご飯とか、ちゃんと食べてた？」

「最近の冷凍、優秀」

「まったく、この人と来たら……」

「あっはっは、面目ない。仕事が忙しくて甘えちゃって！」

「ん、平気」

ある意味見た目通りとも言える、素っ気ない言葉でのやりとり。

それが余計に『にぃに、にぃに』といって背中を追ってきた昔との差を、溝のように感じてしまう。

7年という歳月は、妹をすっかり別人のように変えてしまっていた。

だからというわけではないが、何を話していいかわからなくて。

緊張もしてしまったのか、心臓は己の意思に反して騒がしい。

しかしそんな翔太の心境とは裏腹に、食事会は和やかに進んでいった。

やがて両親が支払いとトイレを済ませるからと、先に兄妹揃《きょうだいそろ》って店を出る。

3月の夜はまだまだ肌寒く、見上げた空には薄っすらとした雲を纏《まと》う少し欠けた月。

「ふぅ」と吐いた白いため息が、夜空へ溶けていく。

翔太は改めて、ちらりと妹に視線を移す。

昔と違い長くなった髪を掻《か》き分《わ》ける仕草、すっかり丸みを帯びた身体つき、ぷっくりと膨らんだ柔らかそうな唇。

そんな異性を感じさせるところを目にすれば、頭では妹だと分かっていても、魅力的だと感じてしまう。

困ったな、と眉間《みけん》に皺《しわ》を寄せようとすると、くいっと袖《そで》を引かれた。

「兄さん、大きくなった」

「え？　あぁ、まぁな」

「最初、誰かと思った」

「……俺もだよ」

「また一緒、楽しみ」

「そうだな」

そう言って英梨花がはにかむ。先ほどまでのクール然としたものでなく、かつてと同じ無邪気な笑みを浮かべて。

不意打ちだった。

変わったと思っていた矢先だということもあって、ドキリと胸が跳ねてしまい、翔太は咄嗟《とっさ》に目を逸らす。

内心、どうしようという想いが渦巻いている。

再会した英梨花は妹というより、同じ年頃の異性になっていた。

第1話 知らなかったこと

隣接する大都市のベッドタウンという側面が強い地方都市。

その住宅街にある葛城《かつらぎ》家の自室で、翔太《しょうた》は朝から部屋の大掃除に勤しんでいた。

普段から小綺麗《こぎれい》に使っているものの、そこはやはり急遽《きゅうきょ》この家に戻ってくることになった英梨花《えりか》を意識してのこと、少しでもしっかりしている兄の面目を保っておきたい。

「……うん？」

ついでとばかりに適当に物を突っ込んでいた本棚や机の中、クローゼットの整理をしていると、玄関の方でガチャッと勢いよくドアが開かれたと思えばドタバタと慌ただしく階段を駆けのぼってくる足音が聞こえ、部屋に飛び込んでくる者がいた。

「しょーちゃん、ちょっとこいつ倒すの手伝――って、うわ！　めっちゃ部屋散らかしてどうしたのさ？」

「散らかしてんじゃなくて整理してんだよ、美桜《みお》」

翔太はゲーム機片手に我が物顔で部屋へやってきた同世代の女の子――五條《ごじょう》美桜にし

かめっ面でため息を吐く。

美桜は、「ふぅん」と言いながら無遠慮に整頓《せいとん》中の部屋を見回し、床に散らばる本の中からあるものを見つけ、目を輝かす。

「『隠れオタクで淫《みだ》らなお嬢様はオレの妹』……このどこかで見たことがあるキャラが描かれた色鮮やかで薄い本は、紛うことなくエロ同人誌！　久々に見たね〜、どったのこれ？」

「あぁ、こないだ和真《かずま》に押し付けられた」

「エロい？　どちゃシコ系？」

「ん〜、どちらかと言えばグッとくる系？　読めばわかる」

「へぇ〜」

そう言ってエロ同人誌を拾い上げた美桜は、そのまま翔太のベッドの上でゴロリと寝転び読み始める。

翔太は時折美桜が零す「むふっ」「貧乳キャラに胸盛ってんじゃねーよ」「いやいやいや、これは……」「えっっっ⁉」といった鼻息荒い声を聞きながら、淡々と部屋の片付けを進めていく。

やがて読み終えた美桜はやけに肌をつやつやさせた顔を上げ、「ほぅ」と恍惚《こうこつ》のため息を吐き、満足そうに声を上げた。

「いっやーこれ、ストーリーが意外性もあって良かった！　特に『バッカヤロウ、実の兄妹だからいいんじゃねーか……』って少々口汚くも恥じらいながら言うところとか、原作への愛が溢《あふ》れるオマージュだしー」

「あぁ、俺も和真に『ただのエロ漫画じゃないんだよ！』って力説されて渡された時は何言ってんだコイツ、と思ったけど、読んだら評価変わったな」

「ね、他にもある？」

「いや、それだけ……っておい、そこせっかく片付けたところ！」

「ま、ないか。どうせそーゆーコレクションはスマホの電子だろうし」

「……っ、持ってねぇよ」

「あ、今ちょっと怪しい間があった」

「うっせ！」

少々図星もあって声を荒らげる翔太、にししと笑う美桜。そんないつも通りともいえるやり取り。

翔太が片付けに戻れば、美桜は「しょうがない、とりあえず自力で頑張りますか」と言って持ってきたゲームを再開する。ベッドの上で胡坐《あぐら》をかいてぽりぽりとお腹を掻き、翔太の飲みかけのペットボトルのジンジャーエールに断りもなく口をつけ、翔太の部屋へ嵐のようにやってきて我が物顔に振舞う美桜は、いわゆる幼馴染《おさななじみ》だ。それも小学校に上がる前からの、筋金入りの腐れ縁。

　年頃の男女が同じ部屋にいるというのに、気安く心地よい空気が流れている。今し方友人に布教されたエロ同人誌を見つけられ、読まれていたとは思えないほど、ビックリするくらい変な空気にもならない。

　ちらりと美桜の姿を見てみれば、伸びるに任せたままの黒髪は寝癖が付きっぱなしで、前髪が邪魔とばかりにちょんまげにしている。着ているものはちょっとその辺のコンビニへ行くのも躊躇《ためら》うようなよれよれシャツにスウェット。とてもじゃないが人様に見せられない気が緩み切った格好の美桜本人も、女子ということを意識していないのだろう。じゃなければ、ジンジャーエールを一気飲みしてゲップなんかしやしない。

　そんな風に、翔太は美桜と家族よりも一緒の時間を過ごしてきた。

　目の前でスウェットの中に手を突っ込み、お尻《しり》を掻いている美桜を見ながら、ふいに思っていたことを零す。

「……兄妹ってこんな感じなのかな」

「いきなりどうしたの？　いやん、もしかしてあたしと薄い本のようなことしたいとか！」

「ハッ！」

「その反応ひどくない⁉」

　おどけた調子でギュッと自らの身を抱きしめくねくね踊る美桜を半目で笑えば、抗議とばかりに枕を投げつけられる。

翔太は苦笑を返すものの、美桜は少し気遣う声色と共に顔を覗《のぞ》き込む。

「で、いきなりどうしたの？」

「あー……」

先ほどの呟《つぶや》きに思うところがあったのだろう。

美桜は、家の事情で英梨花と離れ離れになってしまったことを知っている。

そして先日の顔合わせは急だったこともあり、そのことをまだ話していない。

翔太は指先で頬を掻きながら、言葉を吟味して口を開く。

「両親がヨリ戻したんだ。英梨花もこの家に戻ってくる」

「え、ウソ⁉　あたし何も聞いてないよ⁉」

「あぁ、かなり急な話でさ。つい一昨日《おととい》、顔合わせもしてきた。ほら、廊下とかに色々荷物届いてただろ？」

「何かと思ったら、そうだったんだ。てっきりおばさんがあたしの為にって」

「いやいや、さすがにあれだけの荷物、美桜の何に対してだよ」

「……あれ、しょーちゃん聞いてない？」

「何をだよ」

「ん〜〜〜〜、やっぱ内緒っ☆」

「……うざっ」

何か会話が嚙《か》み合っていなかった。

それが気に掛かるものの、美桜がにんまりと口を三日月に歪《ゆが》めてにやにやすれば鬱陶《うっとう》しさの方が勝り、眉《まゆ》を寄せてそっぽを向く。

しかしそんな翔太を美桜は気にした風もなく、さらに言葉を続ける。

「ね、ね、えりちゃんどんな感じになってた？　可愛い？」

「っ！　あー、えーっと何ていうか、……」

ふいに英梨花の姿を思い浮かべれば、ドキリと胸が跳ねるのを自覚し、言葉を濁す。

そんな反応をした翔太を見た美桜は、スッと意地悪く目を細める。

「お、この感じはかなり可愛いとみた！　ってことは、そんな子とこれからずっと同じ屋根の下ってわけで……ドキドキっすなー」

「ば、バッカ何言ってんだ、妹だろ」

「でもほら、実妹だからいいんだろって、この薄い本でも」

「それは薄い本だからだろ！」

「てへっ」

そんなじゃれ合うようなやり取りをしつつも、胸中は複雑だった。

英梨花のことを考えると、胸が騒がしくなる。兄だというのにどこか妹を異性として意識してしまっており、これから一緒にどう暮らしていけばいいのやら。

お気楽な様子で純粋に楽しみにしている美桜が、今は少し恨めしい。

「そっかぁ、えりちゃん戻ってくるんだ……楽しみ～。ね、いつこっち来るの？」

「今日だよ。もうちょっとしたら来ると思うし、会っていけよ。そんでついでに引っ越し手伝ってけ。ついでに掃除も」

「むぅ、そうしたいのは山々なんだけど、今日はこれから予定がありまして、っと！」

そういうなり美桜はぴょんっと身を起こし、ぐぐーっと伸びをする。

「だから、後でえりちゃんの写真撮って送ってよ」

「え、やだよ。それに何て言って妹の写真を撮ればいいんだ」

「んー『可愛い妹を周囲に自慢するために1枚いいか？』とか？」

「言えるか、っていうか微妙に似てるからやめろ！」

「ふひひ」

そんなことを言いつつ、美桜は「んじゃ行ってきまーす」と言って去っていく。自由なやつである。

後に残された翔太は「はぁ」と大きなため息を吐き、ぐるりと周囲を見回せば、中途半端に散らかった自分の部屋。

「……残り、片付けるか」

それからたっぷり小一時間。

棚もクローゼットの中もきちんと整頓し、珍しくフローリングワイパーも掛け終え、いつもの掃除より5割増しでピカピカになった自室を満足そうに眺めていると、インターホンが鳴った。

時刻を確認すれば、丁度父と妹がやってくると告げていた頃合い。

階下からも「翔太、お願い」という母の声が聞こえてくる。

翔太は「はーい」と返事をしながら玄関へ向かう。

ドアに手を掛けたところで、はたと手が止まる。

何と言って出迎えるべきなのだろうか？

かつてはこの家で一緒に暮らしていたのだ。「いらっしゃい」では他人行儀だし、さりとて「おかえり」も少し違う気がして。逡巡《しゅんじゅん》することしばし。

「おまたせ」

あまり待たせるわけにもいかず、結局翔太はそんな当たり障りのない言葉と共にドアを開ける。

すると、玄関先で特徴的な2つのミルクティ色の髪が舞った。

「よ、来たぜ翔太」

「ん、来た」

翔太の姿を見てにこりと笑う父と妹。事前に荷物を送ってきているので、持っているのはそれぞれボストンバッグを1つずつ。かなりの軽装だ。引っ越してきた、というよりかは旅行帰りのようにも見える。もしかしたら、本人たち的にはそうなのかもしれない。

「……おう。まぁ、その、とりあえず上がって」

翔太は曖昧《あいまい》な笑みを浮かべ踵《きびす》を返し、2人を招き入れ、一応とばかりにおろしたてのスリッパを勧める。

英梨花はきょろきょろと物珍しそうに周囲を眺め、すんすんと鼻を鳴らす。そしてリビングに入ると、「ゎ」と小さく感嘆の声を上げた。

「懐かしい、あまり変わってない」

「あれから模様替えもしていないしな」

「ソファーはちょっとボロい？　あ、この壁の傷、兄さんがオモチャ振り回したやつ」

「よくそんなこと覚えてるな」

「オモチャも壊れて、怒られて、兄さん大泣きしてた」

「……そこは忘れてくれよ」

「ふふっ」

そう言って妹にふわりと目を細めて微笑まれれば、胸がドキリと跳ねる。

翔太は咄嗟《とっさ》に顔を逸らし、赤くなった頬を誤魔化すようにぽりぽりと掻《か》く。

自分の中でのイメージと見た目と言動がちぐはぐで、どうにも調子が狂ってしまう。

（ったく、これから一緒に暮らすというのに……）

すると英梨花と同じように周囲を見回していた父が、感心した声を上げた。

「なんだかんだで片付いてるなぁ」

「父さん、すぐ散らかす。大変」

「あ、あはは。仕事が忙しくて」

「いつもその言い訳」

英梨花の冷静なツッコミに父が肩を竦《すく》めれば、翔太もくすりと笑う。

「普段はもっとごった返しているよ。さすがに慌てて大掃除したし」

「ったく、翔太もそういうところはあなたに似なくてもよかったのに」

「母さん」

そこへこの家で唯一の黒髪である母が、呆《あき》れた顔でやってくる。

「うっ、これからはちゃんと気を付けるよ」

「本当に？　あなたって、昔から口だけは調子いいんだから」

「そんなことないさ。そういう君は昔から変わらず美しいね。歳を重ねた分、内部から滲《にじ》み出る美しさと重なって、以前より魅力的になったよ」

「ったく、そういうところよ」

「あいてて っ!?」

「ほら、あなたの荷物が複雑すぎて解けてないの。手伝いなさい」

母は気安く肩を抱こうとする父の手を捻《ひね》り、しかし満更でもなさそうにそのまま奥の部屋へと連れて行く。

そんな親の仲睦《なかむつ》まじい姿を見せられるのは、子供としてはやはり気恥ずかしく、英梨花と互いに顔を見合わせ苦笑い。

しかし今までとこれからを考えると、歓迎すべきことではあるのだろう。

「そういや兄さん、私の部屋は？」

「用意してあるよ。こっち、二階。っと、その荷物持つよ」

「ぁ」

返事を待たず、強引に取ったボストンバッグは、剣道で身体を鍛えている翔太でも思わず「重っ」と言ってしまうほどズシリと腕に来た。

華奢《きやしや》な英梨花にとっては結構な荷物だろう。

「重いなら言ってくれよ。持つのに」

「兄妹《きようだい》なら、そうする？」

「さぁ、どうだろ」

「下心？」

「っ、妹相手に出してどうする！」

「今までそういうの、多かった」

「あー……」

翔太は英梨花を見てなんとも言えない声を零す。

先日と同じよそ行きの少しオシャレなモノトーンのワンピースは、よく似合っているだけじゃなく、スラリとした英梨花を年齢以上に大人びているように演出している。

英梨花は、兄である翔太から見ても美少女だ。外を歩けば、軽薄そうな輩に声を掛けられることもあるだろう。

そのことを想像すると、メラリと心の中に嫉妬《しっと》にもヤキモチにも似た感情が生まれるのを自覚する。そして見たこともない彼らに対抗するかのように口を開く。

「俺も下心あるかも」

「え？」

「以前みたいに仲良くしたいっていう下心」

翔太はくるりと身を翻し、背中越しに話す。気障《きざ》なことを言った自覚もあり、その頬は少々赤かった。

英梨花はといえば、虚を衝かれたかのように目をぱちくりとさせている。

「私もっ」

そして英梨花は次第に頰を緩ませ、弾んだ声と共にパタパタと翔太の背中を追った。

2人してぎしぎしと音の鳴る階段を上り、とある二階の一室へ。

「ここって……」

「昔はオモチャ部屋だったな」

「昔みたいに、また一緒の部屋かと思った」

「っ、それはさすがに今だと問題あるだろ！」

「ふふっ」

予期せぬ言葉にジト目を向ければ、可笑《おか》しそうに笑う英梨花。

翔太はこういう揶揄《からか》いは心臓に悪いからやめてくれとばかりに唇を尖《とが》らせる。

「ったく。……机とかベッドみたいな大物は適当に置いといたけど、これでいいか？　言ってくれたら、今動かすけど」

「ん、平気。大丈夫」

「そっか。他にも届いてた段ボール箱の荷物とかはそこに纏《まと》めて手つかずだから。っと、荷解き手伝うよ」

「ありがと」

そう言って翔太は一度自分の部屋に戻りカッターナイフを取ってきて、段ボール箱を開封していく。

ポーチや手鏡といった雑貨類に可愛らしい柄のマットやクッション等の身の回りの品から、自分との違いを感じさせられる。

そして見慣れぬボトルやスティック状のものが飛び出し、それがコスメ品だと気付いた時、思わず手を止めて英梨花の方を見てしまった。

（化粧とか、するんだ……）

透明感のある白い素肌、くりっとカールした長い睫毛《まつげ》、瑞々《みずみず》しいぷっくりとした紅い唇。思わず見惚《みと》れてしまう、少し幼さを残した可愛らしくも綺麗な顔。

なるほど、その美貌《びぼう》の裏ではこうしたアイテムが必要なのかもしれない。そのことを考えると否応無しに英梨花が女の子なんだと意識させられ、胸が妙にざわついてしまう。

「兄さん？」

「いや、なんでも」

どうやらまじまじと見てしまっていたらしい。

こちらの視線に気付いた英梨花が小首を傾げ問いかければ、素っ気なく返事をし、誤魔化すように目を逸らす。なんとも胸がもやついている自覚はあった。

英梨花はといえば涼しい顔で淡々と片付けており、自分だけドギマギしているようで、それが少し恨めしい。

　翔太はそんな胸の内を悟られまいと、内心（平常心、平常心）と呟《つぶや》きながら、努めて平静さを心掛け荷解きをしていく。

　しかしそれでもとある段ボール箱を開けた時、「うっ」と言葉を漏らして固まってしまった。

「ん？」

「えー、いやその、これ……」

　慌てて段ボール箱を閉めた翔太に、英梨花はどうしたことかとその手元を覗《のぞ》き込み、不思議そうな声を上げる。

「あぁ、下着」

「わかったから、目の前で広げないでくれ」

「恥ずかしい？」

「当たり前だ！」

「兄妹なのに？」

「あのな、兄妹でもさすがにそれはその、ダメだろう」

「ふぅん？」

　翔太がさすがに見てはいけないと赤くなった顔を背ける傍ら、英梨花は少し困った顔で相槌《あいづち》を打つ。そして、少し悪戯《いたずら》っぽい笑みを浮かべた。

「昔はお風呂《ふろ》も一緒だったのに」

「む、昔は昔だろ！」

「今日、一緒に入る？」

「入るか！」

「ふふ、兄さん面白い」

「……ったく」

くすくすと愉快気に肩を揺らす英梨花。

どうにも妹との距離感が難しい。

しかしちょっとしたことでドキドキしてしまうものの英梨花の笑顔を見れば、今のところ間違った反応はしていないのだろう。

結局その後、衣類に関しては英梨花に任せ、残りをテキパキと荷解きしていく。

作業はスムーズに進み、思ったよりも随分と早く終えられた。

翔太は完成した英梨花の部屋をぐるりと見回し、ポツリと一言。

「荷物、少ないんだな」

大きく目に付くものといえば机にベッド、本棚や小物の収納を兼用したオープンシェルフくらい。荷解きしながら感じていたことだが、翔太の部屋と比べても所持品が少なくて、同じ広さのハズなのに随分広く感じてしまう。

ともすれば殺風景。あまり年頃の女の子の部屋には見えない。

「……よく、引っ越してたから」

「そう、なのか。そういや父さん、昔から仕事で全国各地を飛び回ってたっけ」

「だから、持ってるものは必要最小限を心掛けてる」

「でも、これからはそうじゃないだろ？」

「っ！」

「……英梨花？」

何気なく零した言葉に、英梨花は目を大きくして瞳《ひとみ》を揺らす。翔太は何か変なことを言っただろうかと、内心ドキリとしながら英梨花を見つめる。

すると次の瞬間、かつての妹を彷彿《ほうふつ》させる嬉《うれ》しそうな顔を返された。

「ん、これからは一緒」

「っ！　お、おぅ」

不意打ちだった。

どこか妹かも知れない女の子と思っていた目の前の少女は、やはり確かに英梨花なのだと分からされてしまったかのような感覚。

バクバクと早鐘を打つ心臓は動揺からか、はたまた別のものからなのか。

自分でもそれはよくわからない。ただ1つ確かなことは、この笑顔をもっと見てみたいと思ってしまい、余計に鼓動が速くなったことだ。

翔太はそんな胸の内を悟られまいと、少し早口で言葉を紡ぐ。

「あーその、シャンプーとか歯ブラシ、食器といった生活必需品はまだ揃えていないんだ。まだ陽も高いし、買いにいかないか？」

「ん、行く」

翔太はドタバタガッシャン、未だ整理をしている両親に一声掛けて軍資金を貰《もら》い、家を出た。

いつもは自転車だが、英梨花がいるためバスに乗って向かった先は、郡山《こおりやま》モール。二百を超える専門店に飲食店街、それからシネマコンプレックスを擁するこの地域屈指の複合商業施設。

大抵のものならここで揃《そろ》い、翔太も買い物や遊びでここをよく利用している。ある意味、こうしたほどほどの田舎《地方都市》にとっての生命線ともいえる場所。

最寄りのバス停で降りると、同じように郡山モールへと向かう人たちで溢《あふ》れていた。

春休みということもあり、心なしか同年代の姿が多い。

そして彼らの視線は一様に、英梨花の方に向けられている。

翔太は「はぁ」、と大きなため息を1つ。予想できたことではあった。

バスの車内でもちらちらと多くの視線を感じていたし、それだけ英梨花の容姿は目を惹《ひ》くというのは兄として誇らしい気持ちがあるものの、やはりその心境は複雑だ。

しかし当の英梨花本人はまるで気に掛けた様子はなく、表情はそのままに瞳を好奇の色で爛々《らんらん》と輝かせ、弾んだ声を零す。

「ここ、久しぶり。でも何か変わった？」

「あぁ、何度か改装してるしな。中も色々変わってるよ」

「楽しみ」

そう言ってそわそわとしているところはクールで大人びた外見と違って、やはり年相応の妹だと感じられて頬が緩む。

「んっ」

「え？」

するとその時、ふいに左手が少しひんやりしたものに包まれた。

何事かと思って視線を落とせば、英梨花に手を繋《つな》がれている。

突然の状況に頭の中が真っ白になってしまい、固まる翔太。

どうして？　いきなり何を？　ぐるぐると思考が空回る。

「昔ここに来たら、はぐれないようにこうしてた」

「いやまぁ、そうだけど」

「私たち、ちゃんと兄妹《きょうだい》に見える？」

「……ぁ」

しかし英梨花がそんな風に照れ臭そうに少し困った顔ではにかめば、翔太もハッと息を呑《の》む。

確かにこの歳になって手を繋ぐことが恥ずかしくないと言えば嘘になる。今だって手に変な汗をかいていないか心配だ。

だけどこれは、英梨花なりに空白の時を埋めてくれようとしているのだろう。

翔太は笑みを浮かべ、努めて軽い感じで言う。

「見えてるだろ。ほら、似たような髪色だし」

そう言って翔太は父や英梨花と比べ、少し暗くくすんだ前髪を摘まんで睨《にら》む。

父の母、祖母は北欧の生まれなので、それが髪によく表れている。その遺伝子を受け継ぐ翔太と英梨花はクォーターにあたり、それが髪に現れている。

もっとも、翔太は日本人の血が濃く現れたようなのだがしかし、それでも日本では珍しい髪の色が2人を兄妹だと示していて。

翔太が苦笑と共に「な？」と言えば、英梨花は「そぅ」と少し曖昧《あいまい》な笑みを返す。

そしてどちらからともなく郡山モールへと足を向ける。

すると中へと入った瞬間、洗礼のようにむせ返るような甘い匂いが2人を出迎えた。

眼前には香りで集客することで有名なシュークリームのチェーン店。

もちろん翔太も何度か美桜と共にその誘惑に負けてしまったことがある。現に同じように甘い匂いの魔力に屈した人たちが列を作っている。

英梨花はこの香りにどう反応するかと見てみれば、ツンと澄ました顔。

一瞬甘いものには興味がないのかと思うがしかし、くぅ、と英梨花のお腹の音が鳴った。

こちらの微笑ましい視線に気付いた英梨花は、頰を染めてついっと顔を逸らす。

「食べるか？」

「……いらない。太る。それに無駄遣いはしない主義」

「そっか。せっかくだから俺が奢《おご》ろうかと思ってたんだけどな」

「…………ぅ」

翔太が少し悪戯っぽく言えば、英梨花は言葉を詰まらせ店と兄を交互に見やる。

「どうする？」

「……食べる。兄さんの意地悪」

英梨花は唇を尖《とが》らせ、拗《す》ねたように答えた。

そわそわする英梨花と列に並び、買ったシュークリームを2人して各所に設置されている休憩ベンチに腰を下ろしていただく。

さくさくとしたパイ生地になめらかな口どけのカスタードクリーム、それから鼻を抜けていくバニラビーンズの風味。相変わらずの美味しさに、がっつくようにして一息に食べてしまう。

指に付いたシュガーパウダーを舐《な》めながら隣に目をやれば、目をキラキラさせながら小さな口で美味《おい》しそうに啄《ついば》む妹の姿。

それはとても微笑ましくも可愛らしく、つい反射的にスマホのカメラを向けてしまう。

カシャりという音で撮影されたことに気付いた英梨花は、みるみる目を大きくして頬を赤らめ、抗議の声を上げる。

「に、兄さん？」

英梨花にジト目で睨まれる翔太。つい衝動的にやってしまったことで、特に意味はない。

翔太はしどろもどろになりながら、言い訳を探す。

「っ！　あぁいやそのな、美桜の奴が英梨花がどんな風になったか写真を送ってくれって言ってたから、それで」

「撮るならちゃんと……って美桜？　みーちゃん？」

「あぁ、そのみーちゃん。今でも相変わらず竹刀振り回しているし、うちにもよく入り浸ってる。なんなら今日も英梨花がくる少し前まで居たよ」

翔太はスマホの画像ファイルを呼び出し、英梨花に見せる。

そこに映るのは伸びるに任せたボサボサの髪のオシャレとは無縁そうな女子が、教室の机の上で胡坐《あぐら》をかいて指差しながら大口を開けて笑う姿。

他にもと見せるのはカラオケ店でダサく野暮ったい私服で熱唱したり、剣道大会の会場前で剣道着姿で妙なポーズをしていたりと、どれもガサツで女子力という言葉からは程遠いものばかり。しかし幼い頃から変わらない姿でもあった。

翔太が眉《まゆ》を顰《ひそ》める一方、英梨花は目をぱちくりさせて口元を綻ばす。

「みーちゃん、相変わらず」

「もうちょっと落ち着いてくれとは思うな」

「私も会いたい」

「今日は用事あるって出ていったけど、明日《あした》にも来るんじゃないかな」

「ん、楽しみ」

そして兄妹揃《そろ》って顔を見合わせ、くすりと笑った。


シュークリームを食べ終えた後、英梨花は他の店には目もくれず真っ直ぐに生活雑貨や薬局など目当ての店へと向かい、速やかに買い物を終えた。あっという間だった。

英梨花は買い終えた荷物を眺め、満足そうに一言。

「終わった」

後はもう用はないといった様子に、翔太は思わず問いかける。

「もう帰るのか？」

「ん？」

「いや、他にも服とか小物とか見て回りたいものないのか？　ほら、家具とかも。ベッドのシーツもありあわせだし」

「……今はいい」

「そうか」

郡山モールに来るといつも色んなものに興味を持つ美桜に振り回されるので、どこか拍子抜けする翔太。サッと周囲に視線を走らせれば雑貨屋と融合した一風変わった本屋、スポーツ用品店やゲームコーナーが目に入り、名残惜しいという気持ちが湧く。

どうやら物足りなさを感じており、まだ英梨花との時間を終わらせたくないらしい。とはいうものの、英梨花は引っ越してきたばかりなのだ。今日はもう疲れてもいるだろう。それにこれからは家でも一緒なのだ。別に気を揉《も》むこともなく、それにまた来ればいいだけ。

そう自分に言い聞かせていると、とある店のあるものが目に入った。

（あれは……）

ふとした思い付きだ。だが自分でもなかなかの思い付きだった。

「英梨花、ちょっとここで待っててくれ」

「兄さん？」

「そのちょっとトイレ、野暮用！」

なんともあれな理由を告げ、小走りで目当ての店へと向かう。

そこは以前、美桜が女子の間で人気だと教えてくれた雑貨と小物の店。

さすがに女の子らしいキラキラとした空間に「うっ」と呻《うめ》いて後ずさりそうになるが、ピシャリと両手で頬を叩《たた》き、気合を入れなおして足を踏み入れる。

慣れないことをしている自覚はあった。

ここにきてそれを取ろうとする手も、ふらふらと彷徨《さまよ》っている。

しかし英梨花の笑顔を思い返すと共に、胸に込み上げてくるものに突き動かされる形で手に取り、その勢いのままレジに向かった。

緊張から少しもたつきながら会計を済ませ、しかし浮き立った足取りで店を出る。

少々手間取ったかもしれない。さてどう言い訳をしようかと考えるも、英梨花の姿が見えた瞬間、一気に頭が冷えていき、剣道の試合の時でもかくやな自分でも驚くほど低く鋭い声が出た。

「お前ら、英梨花に何をしているっ」

「っ！　なんだよ、お前。別に何もしてねぇよ、なぁ？」

「あぁそういうこと。行こうぜ」

翔太は咄嗟《とっさ》に英梨花と軽薄そうな男2人の間に入り、睨みつける。

男たちは翔太に気圧されたのか、それとも聞き分けがよかったのか、「ほらみろやっぱり」「彼氏がいないはずないだろ」とぼやきながら去っていく。

彼らの姿が見えなくなり、胸の中でまだ渦巻く熱を吐き出すように「ふぅ」と大きく息を吐き、申し訳ない顔で英梨花に向き直った。

「大丈夫か、英梨花？　すまん、俺が目を離したばっかりに」

「ん、平気」

「そっか……それにしてもあんなこと本当にあるんだな、初めて見たよ」

「よくある」

「そう、なのか？」

「みーちゃんは？」

「美桜？　ないない。色気とかと無縁だってのはさっき見ただろう？　それに美桜なら、ああいう手合いには思いっきり嫌な顔してグーパンすると思うぞ」

「ふふっ、そうかも」

翔太がおどけた風に言えば、英梨花はくすくすと笑う。

その様子を見てホッとしたのも束の間、先ほどのようなことがよくあるということを、あぁやはりと思うと共に、妹を守ってやらねばという気持ちが沸き起こる。

すると英梨花はふいに、翔太が手に持っている紙袋に気付く。

「それが野暮用？」

「っ、あー、これは……」

そういえば買ったはいいけれど、その後のことは考えてなかった。考える前に先ほどのことがあり、そんな余裕がなかったというべきか。

ここにきて急に弱気と恥ずかしさが込み上げてくる。

迷惑じゃないだろうか？　変だと思われないだろうか？　おしつけがましくないだろうか？　しかし、渡さないという選択肢はない。

翔太は小さく頭を振ってそうした臆病《おくびょう》を追い出し、紙袋から先ほど買ったものを押し付けるようにして英梨花に渡す。

「キーホルダー？」

「あぁ、さっき見つけて、似合うと思って。うちのカギとか、その……」

それは可愛らしいデザインの猫のキーホルダー。

直感的に茶虎《レッドタビー》の毛並みや、猫の普段ツンとしているけれど甘えて寄ってきたりするところが、なんだか英梨花に似ていると思って買ったもの。

受け取った英梨花はまじまじと見つめ、手のひらで転がす。

しばし流れる無言の時間。

既に愛用しているキーホルダーがあって、持て余しているのかもしれない――そう思った翔太は慌てて口を開く。

「あー、その、イヤとか迷惑だったら別にいいんだ。俺が使――」

「違うっ」

翔太が遠慮がちに手を伸ばすと、英梨花はこれまでにない大声と共にぎゅっと胸元に抱き寄せ、イヤイヤとばかりに首を振る。そして、恥ずかしそうに頰を染め、囁《ささや》く。

「に、兄さんとはずっと離れてたし、今日実はずっと緊張してて、今更ちゃんと兄妹《きょうだい》に戻れるのかとか、不安があって……けど、これのおかげで、そういうの全部吹き飛んだ。兄さんは、兄さんのままだった。凄《すご》く嬉《うれ》しい。これ、大切にするっ」

「お、おう、それならよかった」

想いの丈が溢《あふ》れたのか、英梨花は今までにない饒舌《じょうぜつ》さで喜びを表し、再会してから一番の花が綻《ほころ》ぶような満面の笑みを咲かす。

どうやら翔太の思い付きは間違ってなかったらしい。安堵《あんど》すると共に、しかしドキリと大きく胸を跳ねさせる。それだけ魅力的な笑顔だった。

「帰ろう」

「うん」

翔太は赤くなった頰を誤魔化すようにしてそっぽを向き、だが今度は自分から英梨花の手を取った。

バスの中で揺られる間も、ずっと手を繋《つな》いだままだった。

家までそれなりに距離がある住宅街を、西陽に影を引き伸ばされながら歩く。

今までのこととか色々聞きたいことはあったけれど、特に会話らしいものはなく、それでも2人の間の空気は穏やかなもの。

やがて家が見えてきた。久しぶりに2人で遊んだが、それももう終わり。

少しばかりの寂寥《せきりょう》感と郷愁から今日一日を振り返り、言葉を紡ぐ。

「なんだかんだで、今日は楽しかったな」

「私も」

「こっちでもまた、うまくやっていけるといいな。改めてよろしく、英梨花」

「ん、兄さんも」

そう言って翔太が想いを込めるようにしてぎゅっと強く手を握りしめれば、英梨花も嬉しそうな笑みを返す。やはりその笑顔は綺麗《きれい》で、胸が小さく跳ねる。

まだ英梨花の反応に慣れないことは多い。

だけどこの笑みを見るために、兄妹としてうまくやっていくのもいいだろう。

しかし気恥ずかしいものがあるのも事実、それを誤魔化すように口を開いた。

「しかし、さっきのは本当に驚いた。郡山モールにもナンパする奴とかいるんだな。気を付けろ、っていうのも変か」

「ん、平気」

「ははっ、でもアイツらの気持ちもちょっとわかるかも、英梨花、本当に前とは見違えたし、ドキリとすることがあるから。俺も、もし妹じゃなかったら放っておかなかったかもしれないな」

「っ」

「……英梨花？」

ちょっとした軽口のつもりだった。

英梨花は急に足を止め、丸くした目でまじまじと翔太を見つめてくる。その顔からは意図を読み取れない。

調子に乗って何か変なことを言っただろうか？

翔太が困惑していると、英梨花はふいに少し困った顔で笑った。

「私、兄さんの本当の妹じゃないよ」

「…………………え？」

咄嗟には言われたことが理解できなかった。

幼い頃から変わったところはあれど、やはり自分の守るべき妹だと決意も新たにしたところだったから、なおさら。

「妹じゃないって、どういう……」

欠片《かけら》も想像していなかったことに返す言葉が中々見つからず、やっとの思いでその台詞《せりふ》を喉《のど》の奥から絞りだす。

英梨花は目を逸らし、どこか遠いところを見つめながら口を開く。

「私、父さんの遠い親戚《しんせき》なんだって。事情があって育てられなくなって、色んな所をたらい回しにされて、まだ兄さんがミルク飲んでる頃にこの家に預けられて……だから別居する時、父さんに引き取られた」

「……」

嘘ではないのだろう。冗談で言うには質が悪いし、その声色は悲哀に満ちている。

「でも、これからよろしくね、兄さん」

翔太がその場に立ち尽くしていると、今度は英梨花がまるで縋《すが》るかのように、ぎゅっと手を強く握りしめてくるのだった。

第2話　詐欺だろ

その日の夜は中々寝付けず、気が付けば朝だった。朝と言ってもかなり遅い時間だ。

翔太《しょうた》はベッドから身を起こし、「はぁ」と大きなため息を吐く。

――英梨花《えりか》が本当の妹じゃない。

そのことが中々受け入れられない。

確認のため昨夜母に英梨花のことを訊ねれば、父の歳の離れた従姉弟《いとこ》の孫、つまり翔太にとってハトコの子だと告げられた。今まで知らなかったの？　と言いたげな口調だったのを覚えている。

なるほど、親戚といってもかなり遠い。別居していた理由も察せられるというもの。

「……ほとんど他人だろ」

翔太は独り言ち、まだ眠気と共にもやもやした頭で階段を下り、恐る恐るリビングの様子を窺《うかが》う。

すると、横から声を掛けられた。

「おはよう、兄さん。どうかした？」

「っ！　お、おはよ英梨花。あーその、これはえっと、習慣っぽいなにか？」

「？　変な兄さん」

意識の外から話しかけられドキリとした翔太は、あたふたと身振り手振りと共に妙な言い訳をしてしまう。

いきなりは心臓に悪いと思いつつ、くすくすと可笑《おか》しそうに笑う英梨花を見やる。

シンプルなデザインのカットソーとロングスカートを楚々《そそ》と着こなし隙がなく、寝間着代わりの撚れたシャツと短パン姿の翔太とは大違い。

それが余計に、英梨花が妹でなく歳の近い女の子が家にいるということを強く意識させられ、頰が熱を持ってくるのを自覚する。

何か声を掛けるところだろうか？　こういう時、兄妹なら何て返すんだっけ？　そんなことをぐるぐると考えていると、リビングから声を掛けられた。

「あら、翔太に英梨花。丁度良かった。私たち、もう家を出るからね」

「家を出るって、どこへ？」

「昨夜夕飯の時にも言ったじゃない。今回、父さんの仕事についていくことにしたの。長くなるみたいだからね」

「今度は北陸だ。北陸と言えばノドグロに白エビ、楽しみだなぁ！」

「あらあなた、カニも外せないわよ、カニも！」

「………は？」

咄嗟《とっさ》に両親の言っていることの意味が理解できなかった。

昨日の今日でいきなりの話に翔太は唖然《あぜん》としながら、目の前でウキウキと北陸について話す両親を眺める。昨夜の夕食時を思い返すも、英梨花のことで精一杯で記憶がない。

元々出張や単身赴任の多い父だった。そこは別にいい。

母が父に付いて行く。

すると必然この家で英梨花と、歳の近い妹ではない女の子と2人きりになるわけで。

ドキリと胸が妙な風に跳ねる。とてもマズい気がした。変な気を起こさない自信がない。

「いやいやいや、母さん仕事は？」

「リモートよ、リモート」

「その、メシとかは……」

「大丈夫よー、そこに関しても手配済みだし」

「……」

遠回しに抗議してみるも、手をヒラヒラさせながらそんな返事をされるのみ。

「それじゃ、行ってくるわね」

「カニ、期待しとけよー！」

そう言って父と母はうきうきした様子で、あっという間に家を出ていった。もしかしたら新婚旅行気分なのかもしれない。

翔太が呆気《あっけ》に取られていると、くいっと遠慮がちに袖《そで》を引かれた。

「朝ご飯、どうする？」

「え、あー……」

その言葉で我に返り、2人で食事をする光景を想像する。

英梨花は翔太の目から見ても魅力ある女の子だ。昨日、胸を高鳴らせていたのがその証左。まだ心の準備ができておらず、どんな顔をすればいいかわからない。

少々後ずさりつつ「うー」とか「あー」とか母音を口の中で転がすばかり。

「……？」

すると英梨花はそんな挙動不審な翔太を不思議に思ったのか、小首を傾げて顔を覗《のぞ》き込んでくる。その綺麗で端整な顔を近付けられれば、思わず胸がドキリと跳ねてしまい、顔もまともに見られない。

「お、俺はいいよ、その、走り込みに行ってくるからっ！」

「……ぁ」

そう言って翔太は赤くなった顔を見られないよう咄嗟に踵《きびす》を返し、逃げるように玄関を飛び出した。

走り慣れた住宅街の道を、胸に沸き起こった衝動のまま、ペース配分など考えずひたすら駆けていく。

春先の終わりといえど朝の空気は冷たく、火照った頬の熱を奪うと共に、少しだけ頭も冷やしてくれる。そして考えるのはやはり、英梨花について。

再会して妹じゃないと知って、ドギマギしているというにもかかわらず一つ屋根の下。いきなりのことで感情が付いて来ず、一体どうすればいいのやら。

翔太も健全な年頃の男子である。

英梨花ほどの美少女からあんな風に近い距離感で接されれば、あらぬことを考えるなという方が難しい。今はもう、妹だからというストッパーが無くなってしまっているから、なおさら。考えても考えても、頭の中はぐちゃぐちゃだ。答えなんて出そうにもない。

（くそっ、もしこれが美桜《みお》だったらここまで悩まなくてもいいのに！）

ふと、そんなことを思ってしまう。

美桜は幼い頃からずっと一緒で、お互いに良いところも悪いところも知り尽くし、それこそ兄妹《きょうだい》のように育ってきた。今更異性として意識することも、一緒に暮らしたとして間違いが起こることもないだろう。

「あぁ、もうっ！」

翔太は答えの出ない問題に振り回されながら、走り続けた。

たっぷりいつもの倍の距離を走った翔太は、歩いて身体をクールダウンさせつつ息を整え、家へと戻る。

多少昂《たかぶ》っていた胸も静まってきた。「よし」と頬をピシャリと叩《たた》いて自分に気合を入れ直していると、家の前で誰かがインターホンを鳴らしているのに気付く。

見知らぬ女の子だった。

肩口で揃えられたふわふわした黒髪とそれを彩るリボンを舞わせ、ひらひらした春らしい桜色の服を着た、英梨花にも負けず劣らずといった可愛らしい女の子だ。思わず見惚《みと》れそうになるほどに。その手にはかなり大きな旅行用のキャリーケース。住宅街にあって、なんとも違和感が強い。

当然ながら、翔太には彼女に心当たりがない。

母、もしくは英梨花の知り合いなのだろうか？

わからないが、どちらにせよ我が家に用があるらしい。

「その、うちに何か用ですか……？」

「……ぁ」

恐る恐る話しかける翔太。

するとこちらに気付いた彼女は一瞬きょとんとした顔を作り、まじまじと見つめる。そ

してくすりと悪戯《いたずら》っぽい笑みを浮かべた。

（……え？）

その時、何かが引っ掛かった。

妙な既視感を覚えると共に、まさかといった疑念が生まれる。翔太がどんどん目を大きくしていると、彼女は芝居がかった口調と共に胸へと飛び込んできた。

「しょーちゃん、会いたかった……っ！」

「ちょ、待て、やめろ！」

「こんなにドキドキしてたら、しょーちゃんに聞こえちゃうかも……」

「おい、どういうつもりだ！」

「あーもう、しょーちゃんってばノリ悪いなぁ」

「……誰、その子？」

「っ⁉」「ぁ」

その時ふいに、玄関から英梨花の無機質な声が響く。感情が読み取れない、背筋がヒュッとなるような声色だった。

恐る恐る振り向けば、不機嫌さを隠そうともしない英梨花が、凍てつくような視線で見下ろしている。翔太は反射的に彼女を引っぺがし、言い訳を紡ぐ。

「英梨花、これはその……」

「えりちゃん⁉」

「……え？」

するとと彼女は英梨花へと飛びつき、ぎゅっと手を握りしめ、まじまじと不躾《ぶしつけ》に見回しながら興奮気味に口を開く。

「その髪はえりちゃん、えりちゃんだよね⁉　わ、わ、すっごい美人さんになってる！」

「え、や、あの……っ」

「やっべー、髪さらさらだし腰とかほっそ！　ほっぺはもちもち！　やみつきになる！」

彼女の勢いのまま揉《も》みくちゃにされ、翻弄《ほんろう》される英梨花。どうしようと助けを求める目を向けてくる。翔太はガリガリと頭を掻《か》き、大きなため息を1つ。

見覚えはないが聞き覚えがある声の彼女へ、確信を込めて言う。

「やめてやれ、美桜。英梨花が驚いてる」

「おっと、ごめんごめん。だってえりちゃん久しぶりだし綺麗《きれい》になってるし、興奮しちゃってさー！」

「みー、ちゃん……？」

英梨花は彼女――美桜を見て目をぱちくりさせ、瞳《ひとみ》に話が違うと言いたげな色を浮かべ訊《たず》ねてくる。

しかしこれは、翔太にとっても想定外だった。つい昨日顔を合わせた時とまるで違う。

美桜のことは幼い頃から、何でも知っていると思っていた。だけど、目の前の女の子は知らない。先ほど抱きつかれた部分が、まるで熱を持っているかのよう。

（さ、さっきのあれは美桜だってわからなかったし！）

内心、そんな言い訳を自分にする翔太。

そして努めて怪訝《けげん》な表情を浮かべ、直接問い質す。

「って、どうしたんだよ、その格好。コスプレか？　まるで別人だぞ」

「あっはっは！　しょーちゃんもさっき、あたしだって気付かなかったみたいだしね」

「う、うっせ！」

「やー昨日、用事あるって言ったでしょ？　兄貴や父さんが、高校生になるんだし少しは女らしくしろって美容院とか予約していてさ、それで。あ、これいわゆる高校デビューってやつだな！　……で、どうよ？」

そう言って美桜は自らを見せつけるかのようにくるりと回る。緩やかに整えられた髪と今まで私服では見たことがないスカートがふわりと舞い、思わずドキリとしてしまう。

翔太は慌てて視線を逸らし、そのことを認めまいとぶっきらぼうに言う。

「ま、まぁまぁじゃね？」

「むぅ、なんだよぅ。もっと褒めてくれてもいいのに」

「みーちゃん、可愛い」

「わー、えりちゃんもかわいー好きー、しょーちゃんもこれくらい素直になりなよ、ほらー」

「……いいだろ。ていうか何しにきたんだよ、その荷物はなんだ？」

「あ、それあたしの身の回りのもの。さすがに重いからしょーちゃん持ってよ」

「ちょっ、おい！」

言うや否や、美桜は慣れたいつもの調子で葛城《かつらぎ》家へと遠慮なく上がり込む。

呆気に取られていたものの、翔太も慌てて荷物を持って英梨花と共に後を追う。

そして美桜が向かった先は、一階の納戸代わりに使っていた、はずの部屋。

だというのにそこはすっかり片付けられ、机やベッド、棚などが運び込まれていて普通の部屋の様相になっており、どういうことだと目を白黒させる。

美桜はその部屋を見回し、「お、いいねー」と暢気《のんき》に呟《つぶや》き向き直った。

「しょーちゃん、荷物はその辺に適当に置いといてよ。あとはあたしがやるし」

「え、いやこれって……」

「えっへっへ、今日からあたしも一緒にここに住むから。よろしくね、2人とも！」

にぱっと花咲くような満面の笑みを見せる美桜。

それとは対照的に、突然のことに唖然《あぜん》とする翔太と英梨花。

互いに顔を見合わせ、理解が追い付くと共に、驚きの声を重ねる。

「「……ええ～っ⁉」」

寝耳に水の話だった。

美桜も一緒にこの家に住む――見た目の変貌《へんぼう》も相まってキャパオーバーになってしまい、狼狽《うろた》えてしまう。英梨花もどうしていいかわからず、オロオロするばかり。

そんな中、美桜はいいことを思い付いたとばかりに、ポンッと手を叩いた。

「あ、そうだ！　せっかくえりちゃんもいることだし、ひと勝負しようぜ！」

それからしばらく後。

葛城家リビングのテレビの前では、白熱した空気が渦巻いていた。

「ほら、そこ！　しょーちゃん！」

「わかってるって！　……げっ⁉」

「甘い」

「うそでしょ、それに反応する⁉」

「くそ、これなら……美桜っ！」

「応さ！」

「予想済み」

「え、避けられた⁉」

「マジかよ、これでもダメなのか」

「ふふっ」

3人が熱中しているのは、子供の頃にもよく遊んでいた対戦アクションゲームの最新作。

最初は和気藹々《わきあいあい》と楽しんでいたのだが英梨花が思いの外、というか圧倒的に強く、いつしか翔太と美桜が手を組み挑むという形になっていた。

その後何度も挑むが2対1にもかかわらず一度も勝てず、どんどんムキになっていく翔太と美桜。英梨花が軽くあしらい「フッ」と薄く笑えば、挑発されたと感じますますヒートアップしていく。

こうして幾度も対戦を重ねるも、結局英梨花から勝利をもぎ取れなかった。

やがて美桜は両手足を投げ出し、バタンとラグカーペットに倒れ込む。

「はぁ～、えりちゃん強いねー。昔はそんなイメージなかったのに」

「ん、結構やり込んでる。でもみーちゃんと兄さんも手強かった。息ぴったり」

「そりゃ美桜とはちょくちょくやってるからな。互いの手のうちもわかってるし」

「それでも、一勝もできなかったの、ぐやじぃ～」

「いつでも受けて立つ」

「こら、ジタバタするな。子供か！」

子供のように手足をバタつかせる美桜。

その際スカートがふわりと舞い、いつもは隠されている思った以上に白い太ももが露わになってしまい、慌てて目を逸らしてツッコむ言葉と共に「はぁ」と大きなため息を1つ。英梨花も美桜の様子には苦笑い。

美桜が全身で悔しさを表現することしばし。いきなりぴたりと動きを止めたかと思えば、勢いよく跳ね起き、英梨花へと手を伸ばした。

「ん、でもこれからはいつでも再戦できるんだよね。……おかえり、えりちゃん」

「ぁ……うん、ただいま」

英梨花は一瞬虚を衝かれたものの、目を細めて美桜の手を握り返す。

言いたいことは色々ある。

けれど、妹と幼馴染《おさななじみ》が昔と同じように傍に居る。あの時と同じような空気で。

きっと、美桜が皆でゲームをしようと言い出したのは、この為だろう。翔太も頰を緩ませる。

「それにしても、えりちゃん綺麗になったね～。これはしょーちゃん、変な気とか起こしちゃうんじゃない？」

「っ、起こすか、バカ！　……妹だぞ」

「いやほらかなりの空白の時間があったわけだし、妹と言うよりも身近な可愛い女の子って思ったり……ほらそれに、『実の兄妹《きょうだい》だからいいんじゃねえか』だっけ？」

「……？」

「おい、美桜！」

「ふひひ」

昨日のエロ同人誌の台詞《せりふ》を持ち出し、ケラケラと悪戯っぽく笑う美桜。

首を傾げる英梨花に、慌てて声を上げる翔太。何の話かと聞かれても、エロ同人誌だと答えられようハズもなく、美桜をねめつける。

するとと何かにハタと気付いた美桜が、少し唇を尖《とが》らせながら訊ねてきた。

「あ、そういや昨日、えりちゃんの写真送ってって言ったよね？」

「う、それは……すまん、色々あって忘れてた」

そんな約束もしていたなと思い出すものの、昨夜は英梨花が本当の妹ではないと判明してそれどころじゃなかった。

「まったく……でも、こんな可愛い妹を独り占めしたくなるのはわかるけどさ」

そう言って美桜はぎゅっと英梨花を抱きしめ頬擦りをする。

されるがままになって照れ臭そうに頬を染める英梨花。

それを確認した美桜は、羨《うらや》ましいだろと言いたげなドヤ顔で口を開く。

「約束はちゃんと守らないとモテないぞー」

「……うっせ。別に妹や幼馴染《お前ら》にモテたいとは思わねえよ」

「ぶぅ、なんだよぅ。世の男子ってものは幼馴染にモテたいもんだろぅ」

「それは現実を知らないやつらにとってのもんだ！」

「うぐ、それを言われると自覚があるだけに辛い！」

翔太の憎まれ口に、頬を膨らませる美桜。

するとその時、ぐぅ、という腹の音が響いた。

音の出どころへ視線を向ければ、恥ずかしそうに俯《うつむ》く英梨花。

窓から差し込む陽は随分と柔らかくなっており、時刻を確認すれば4時半過ぎ。随分と長い間、ゲームに没頭していたようだ。

目の前のローテーブルには朝昼兼用に広げたお菓子類。そういえば朝からロクに食べていない。そのことを意識すると、翔太もたちまち空腹を覚えてくる。

それは美桜も同じのようで、お腹を擦ったかと思えば「よっ」と掛け声と共に立ち上がり、キッチンへと向かう。

「ちょっと早いけど、夕飯にしよっか」

「おぅ、適当に頼む」

「冷蔵庫、何あったっけ……」

美桜は慣れた様子で冷蔵庫を開け、中を確認し、「キャベツ、豚バラ、もやし……トマト缶もあったっけ」と呟きながら、あれこれと献立の算段を付けていく。

見慣れた光景だが、しかし今日の女の子らしい格好からか、妙に胸がざわついてしまう。頭《かぶり》を振って胸に生まれたもやもやを追い出そうとしていると、英梨花が何とも不思議そうに美桜を見つめていることに気付く。

あぁ、なるほど。翔太にとってはいつものことでも、確かに幼馴染とはいえ他人の家での振舞いとしては、無遠慮にも映ることだろう。慎重に言葉を選び、事情を語る。

「美桜のところさ、英梨花と離れてから、その……5年前に母親を亡くしたんだ」

「……………え？」

「一時は荒れて色々あったけど、まぁそれでうちに入り浸ることも多くなってさ。んで、母さんが仕事遅かったりしたもんだから、ちょくちょくうちでメシを作ることが多くなって、それで」

「そぅ……」

「ま、それに甘えちゃったおかげで俺、料理はさっぱりだけどな。英梨花は？」

「苦手」

「そっか、一緒だ」

そう言って翔太と英梨花は顔を見合わせ、苦笑を零した。

その後程なくして、美桜が「できたよー」と言って夕食を告げた。

ダイニングテーブルの上に並ぶのはキャベツが主役の回鍋肉《ホイコーロー》、カボチャの煮物に具だくさんの味噌汁《みそしる》。見事な料理だった。英梨花も「ほぅ」とため息を零している。

食卓に着き、改めて周囲を見回す。

(……気まずい)

ゲームをしている時はテレビ画面を見ていたけれど、こうして夕飯を囲めば必然、互いに顔を合わせることになる。

見違えるように可愛くなった美桜と、大人びて綺麗《きれい》になった英梨花。

なんだか知らない女の子に囲まれているようで、妙に緊張してきてしまう。

ちらりと顔を上げれば、美桜が食べないの？　と言いたげに小首を傾げる。こちらはドギマギしているというのに、いつも通りの反応が少しばかり恨めしい。

そんな中、それぞれのいただきますの声と共に夕食を開始した。

相変わらず美桜の料理は美味《おい》しく、甘辛い回鍋肉のタレがご飯を進ませ、あっという間に一杯目の茶碗《ちゃわん》が空になる。

「しょーちゃん、おかわりいる？」

「っ、頼む」

「……ぁ、私も」

「はいよー」

それを目にした美桜が、すかさずお代わりをよそってくれた。

英梨花の口にも合ったようで、少し恥ずかしそうに茶碗を差し出す。美桜はそれをにこと嬉《うれ》しそうな顔で受け取る。自分が作ったものを食べてもらうのが好きなのだ。

見た目が少々変わってもそこは変わらず、やはり美桜なのだなと思わせる。

料理に夢中になり、黙々と食べ進める面々。

やがて皆は米粒1つ残さず平らげ、手を合わせた。

「ごちそうさま、っと」

「みーちゃん、美味しかった。びっくり」

「おそまつさま。ところでえりちゃん、辛くなかった？　しょーちゃんってば辛党でさ、豆板醤《とうばんじゃん》と追加で鷹《たか》の爪も多めに入れてるんだ」

「ん、丁度いい」

「そっかー、兄妹だからかなー？　あたし、最初はなかなか慣れなくてさ」

「っ！　ぴ、ピリ辛旨いだろ」

「あはっ、あたしも今ではすっかり好きになったけどね」

「……ぁ」

「えりちゃん？」

美桜と話していると、ふいに英梨花が声を上げようとして、途中でやめる。

英梨花は何度か目を瞬かせた後、やおら席を立って食器を集め始めた。

「後は、私が」

「お、じゃあお願いね。あたしは荷解きしてくるかなー」

そう言って英梨花は流し台へ、美桜は自分の部屋へと向かう。

1人手持ち無沙汰になる翔太。

家事をしている英梨花の後ろ姿を見ていると、妙に落ち着かない。

それに自分だけ何もせずゴロゴロしているのも気まずいだろう。

「……じゃ、俺は風呂《ふろ》でも洗うか」

誰に言うでもなく呟《つぶや》き、洗面所へと足を向けた。

翔太の家事スキルはと問われれば、母と二人暮らしが長かったこともあり、調理以外は同年代と比べても高い水準だ。それこそいきなり一人暮らしを始めても問題ないくらいに。

だからこそ母も、安心して父に付いて行ったのだろう。

元々普段の風呂掃除は翔太がしていたこともあり、あっという間に終わった。

耳をすませばリビングの英梨花と、元納戸現美桜の部屋からの作業音。

翔太は少しばかり眉《まゆ》を寄せ、ついでとばかりにお湯を沸かして風呂に入ることにする。

すると服を脱ぎ洗濯機に投げ込んだと同時に、ガチャリとドアが開いた。

「しょーちゃん、ビニー——」

「ぁ」

丁度下着を脱いだタイミング、一糸纏《まと》わぬ姿で固まる翔太。

同じように固まりつつも、まじまじとこちらを見つめる美桜。

なんとも言えない空気が流れていく。

「――ビニール紐《ひも》どこにあるか知らない？　段ボール箱纏めちゃいたくてさ」

「っ!?　普通に何事もなかったかのように仕切り直すな！　リビングの棚の下！」

「あ、やっぱりここってあたしが悲鳴上げるとこだった？　でも見られたのはそっちだし、しょーちゃんが叫ぶ方？　やり直す？」

「しねぇよ！」

なんてことない風に話す幼馴染とは対照的に、翔太はこれ以上ないほどに顔を真っ赤に染め上げ、脱兎のごとく浴室へと逃げ込む。ついつい早く向こうに行ってくれとばかりに声を荒らげるのも仕方がないことだろう。

異性に裸を見られるのは、たとえ相手が美桜であっても恥ずかしい。しかも別人のように可愛らしい姿になっているのなら、なおさら。バクバクと早鐘を打つ心臓が、まるで自分だけ意識しているかのように思え、顔が羞恥《しゅうち》と悔しさでくしゃりと歪《ゆが》む。

「……くそっ」

美桜の気配が離れていくのを確認した翔太は、悪態を吐きつつ不貞腐れたように、まだ膝《ひざ》までしか溜《た》まってない湯船に入った。

翔太はいつもより少し長めの風呂を出て、水を求めてリビングに顔を出せば、ソファーでだらしなくごろりと寝転ぶ美桜の姿があった。

先ほどまでとは違っていつものスウェット姿で、いつもの前髪ちょんまげ姿。それだけで折角の髪型を台無しに出来るのもある種の才能だなと苦笑い。しかしそんないつもと同じような姿に、やっと実家に戻ってきたような安心感さえ湧いてくる。

こちらに気付いた美桜は顔を上げ、「おー」と言いながら読んでいた漫画を掲げた。

「あ、これしょーちゃんの部屋から借りたから。続き、気になってたんだよね」

「おい、俺のプライバシー」

「今さら見られても困るもんなんて……そういやいくつかありましたね。昨日のエロ同人誌とか！」

「だからあれは和真《かずま》から押し付けられただけって言ってるだろ」

「じゃ、あのエロ小説は？」

「っ⁉」

「あ、本当に持ってるんだ？」

「てめ、この、美桜！」

「ふひひ」

カマを掛けられ、見事に引っかかってしまう翔太。

そんな、たちまち気安く交わされるいつものやりとり。

少々気恥ずかしくも、こんな打てば響くような会話が心地よい。

「で、実際のところ、どんなの持ってるの？」

「教えるか、バカ」

「あ、最近女子たちの間で『出戻り皇女の傷モノの身体は、救国の騎士たちに捧《ささ》げられる』ってのがエロいだけじゃなくて内容もハラハラするって流行《はや》っててね、貸そうか？」

「……まぁ、興味ある」

「そうそう、エロっていえばさ、しょーちゃんのあっちの毛って髪の色に近いんだねぇ」

「ちょ、おまっ！」

しかしさすがに忘れようとしていた先ほどのことを蒸し返されれば、たちまち赤面してしまう。にしししと笑う美桜は、きっと今後も事ある毎《ごと》にネタにしそうだ。

翔太は「はぁ」、と大きなため息を吐き、気恥ずかしさを追い払うかのように頭を掻《か》く。

サッと周囲を見回し英梨花が居ないことを確認し、気になっていたことを訊ねた。

「それで、何でだ？」

「ん？」

「うちに住むって話。メシ作ってくれるのはありがたいけど、さすがに何て言うかさ」

「やり過ぎ、通いでもいいのに？」

「そう、それ」

別に翔太としては、可愛らしい格好をした美桜にドキリとしてしまうことはあれど、同居するのに否やはない。

しかし、美桜はご近所さんなのだ。幼馴染《おさななじみ》で気心が知れているとはいえ、年頃の異性の家に住むのは、さすがに度が過ぎているだろう。

翔太の怪訝《けげん》な視線を受けた美桜は、「あー」と口の中でどう言ったものかと母音を転がすことしばし。やがて少し困ったように眉を寄せ、目を逸らしてから苦々しく口を開く。

「お父さん、再婚したんだー。で、兄貴は大学で一人暮らしだし、こう、ねぇ……？」

「美桜……」

翔太も、美桜の家庭事情はある程度知っている。ずっと間近で見てきたのだ。

その苦悶《くもん》も痛いほどよくわかり、それだけにこれ以上何も言えなくなってしまう。

「そっか、なら仕方ないな」

「うん、ありがと。で、これからもよろしくね」

「おぅ」

そう言って、お互いが見慣れた笑みを浮かべて握手した。

少しばかりこそばゆい空気が流れる。

すると、次第に耐えきれなくなったのか、美桜はそれを振り払うかのように声を上げた。

「そ、そういやあたしの部屋の分のティッシュが欲しいんだよね」

「あぁ、洗面所だ。取ってくるよ」

「うん、お願い」

そう言って、洗面所へと戻る翔太。

きっと今までと変わらない美桜と話したことで、気が緩んでいたのだろう。

だからその惨劇は、起こるべくして起こった。

「――へ」

「――ぁ」

ノックもせず開けた扉の先にいたのは、ちょうど下着を脱いだところの英梨花。

抱きしめたら折れてしまいそうなほどの細い腰をした華奢《きやしや》な身体、眩《まぶ》しいくらいのシミ1つない透き通る白い素肌、つつましくも膨らんだ胸。

それは何もかも男の自分とは違う異性《妹》の裸。普段は衣服によって隠された、他人、ましてや男にはみだりに見せてはいけないもの。

翔太はそのことを意識すると共に、一気に頭へと血が上っていき、英梨花が胸元を手で隠すよりも早く叫び声を上げた。

「うわあああぁあああぁあああぁっ、ご、ごごごごごめんっ、ほんとごめん！」

「……ぁ」

即座に回れ右をして、扉を閉める翔太。そのまま背からくずおれ、ぺたりと床に座り込み、やってしまったとばかりに顔を両手で覆う。

後で謝罪しなければいけないだろう。いや、謝って済む問題ではないかもしれない。英梨花は、同じ血を分けた妹ではないのだから。

英梨花や美桜と暮らすということは、気を付けないとこうしたことが起こりうるのだ。

翔太はこれからの前途多難に満《み》ち溢《あふ》れた生活に、呻《うめ》き声を上げるのだった。

第3話　新たな生活

――にぃに、どこいくの？

――にぃに、わたしもいっしょにつれてって。

――にぃに、かみなりこわいよぅ。


いつも服の裾《すそ》を掴《つか》み後ろを付いてきて、人見知りですぐ翔太《しょうた》の背中に隠れてしまう。

兄にべったりで、憶病で、泣き虫。英梨花《えりか》はそんな妹だった。

友達が出来なかった、というわけじゃない。

月のように煌《きら》めくその色素の薄い髪は、小さい子供たちの目には異質に映る。

だから排除しようとするイジメに遭《あ》うのは当然といえて、翔太は幼心に兄として妹を守る盾にならなければと誓う。

『――さん』

守るべき小さな存在。

そう、そのはずだ。そうあるべきなのだ。

だというのに、昨夜ふいに見てしまった成熟過程にある少女の肢体は、ひどく翔太の誓いと感情を揺らがせる。

ふわふわ、ゆらゆらと。

身を任せると、まるでさざ波に優しく攫《さら》われるかのように、いけない方へと流されてしまうかもしれない。

『――ますよ？』

それはダメだろう。

英梨花にも『よろしくね、兄さん』と、言われたばかりではないか。

その期待を裏切るのはとても苦しい。息苦しい。溺《おぼ》れてしまいそうだ。息ができない。

酸素を――

「――ぷはっ⁉」

「あ、起きた」

「……え、英梨花？　えっと……？」

「おはよう、兄さん」

「あ、あぁ、おはよう英梨花」

物理的な息苦しさを感じ、喘《あえ》ぐように空気を求めて口を開けば、目の前にはどうしたことか英梨花が顔を覗《のぞ》き込んでいた。

寝起きの頭で面食らい、咄嗟《とっさ》にはこの状況が分からない中、英梨花は機嫌が良いのかわずかに目尻《めじり》を下げながら、ツンと翔太の鼻先を突く。

時刻を確認すれば10時半過ぎ。なるほど、昨夜は中々寝付けなかったとはいえ、いい時間だ。起こしに来たのだろう。

英梨花はと言えば、カットソーの上にキャミワンピースを合わせた、そのまま外に出掛けても問題なさそうな、落ち着いた感じの装いをしていた。

きっちりとした綺麗《きれい》な女の子に起こされているという状況に未だ現実味がなく、少々困惑してしまう。また寝間着姿の翔太とは対照的で、少しばかり気恥ずかしさも湧き起こる。

その羞恥《しゅうち》を呼び水として昨夜の風呂場《ふろば》でのことを思い返してしまい、たちまち頬が熱を帯びていく。

そんな中、英梨花は淡々と告げる。

「みーちゃん、朝ご飯早く片付けたいって」

「ま、待ってくれ」

「……兄さん？」

用件はそれだけだといって部屋を出て行こうとする英梨花の腕を、反射的に掴む。

一体どうしたのと小首を傾げる英梨花。咄嗟に言葉が出てこない翔太は「あー」「うー」と口の中で母音を転がし、言葉を捻《ひね》りだす。

「そ、その、昨夜はごめん」

「っ！」

昨夜。

その言葉で英梨花の頬がわずかに朱を差し、動揺から瞳《ひとみ》を逸らす。

いつも通りを装いつつも、昨夜のことを気に掛けていなかったわけじゃないのだろう。

すると翔太はたちまち、見てはいけないものを見てしまったという罪悪感が込み上げ、早口で弁明の言葉を紡ぐ。

「えっと、わざとじゃなかったんだ。入ってるとは知らなかったし、そりゃ気を付けていなかった俺が悪いっちゃ悪いんだけどさ」

「別に、いい、わかってる、お風呂《ふろ》なんて、昔は一緒っ」

「そ、それでも見てしまったのは悪かったというか、その、ジッと見てしまう形になったのは、子供の頃と違ってやけに女の子らしく綺麗になってて驚いちゃったというかっ」

「に、兄さんっ」

「っ！」

どうやらバカ正直に要らぬことまで言い過ぎたらしい。

英梨花の顔は、のぼせ上がったかのように赤くなっていた。

翔太に摑まれていた手を胸元に手繰り寄せ、拗《す》ねたように頰を膨らませて一言。

「兄さんの、バカ」

そう言い残し、羞恥に耐えられないとばかりに逃げるようにして部屋を出ていく。

翔太はその様子を立ち尽くして見送った後、ふらりとベッドに倒れ込み、バリバリと頭を搔きむしるのだった。

「あぁ、もうっ！」


その後、翔太は英梨花の気配が自室にあることを確認してから、「はぁ」と大きなため息を吐いて部屋を出た。

階段を下りていると、下からパタパタと動き回る音が聞こえてくる。美桜《みお》がなにかしているのだろう。

リビングに顔を出せば、ダイニングテーブルの上にはすっかり冷めてしまったピザトーストとミルク多めのカフェオレ。温めなおすのも面倒なので、そのままいただくことに。

時間が経っているせいで、玉ねぎとピーマンから出てきた水分でしけっていたものの、なんだかんだ空腹だったこともあり一息に頰張り、温《ぬる》くなったカフェオレで一気に流し込む。

食べ終えた食器を流し台の方へと持って行こうとしたその時、廊下から顔を出した美桜が話しかけてきた。

「お、しょーちゃん起きたんだ。お布団のシーツ持ってきてよ。学校始まっちゃったら洗う機会なんて中々ないだろうしさ、今のうちに洗っときたいんだ」

「あぁ、わかった」

「洗濯機の中に放り込んどいてね〜」

そう言って洗濯籠《かご》を抱えた美桜は、パタパタと庭へと向かう。

美桜は昨夜と同じく前髪をちょんまげにしてスウェット姿。こちらは何の違和感もなく葛城《かつらぎ》家に馴染《なじ》んでおり、ホッと頬《は》も緩もうもの。

部屋に戻った翔太は布団のシーツを剝ぎ取り、ついでに寝間着も洗った方がいいなと着替えを済ませ、因縁の洗面所へ。扉を前に立ち止まった翔太は、コホンと咳払《せきばら》いをして深呼吸を1つ。コンコンとノックをする。

当然ながら誰の気配もなく、返事もない。そもそも昨夜のような偶然なんてそうそうあってはたまらない。そんなことを思いながら中へ身体を滑らせ——

「っ!?」

そして洗濯機の蓋《ふた》の上にわざわざ丁寧に置かれていたあるものを見て固まった。固まってしまった。

気を緩ませていたというのもあるかもしれない。

しかし誰がそんな目立つところに堂々と女子胸部の形状を整え、形が崩れることを防止するための下着が、２つもあることを想像できようか。

片方は淡いブルーのもの。

可愛らしいレースがあしらわれたそれは清楚《せいそ》さと上品さが同居し、爽《さわ》やかで少女らしい印象を受ける。

もう片方は黒。

さりげなく赤いリボンがあしらわれ色気の中の可愛さも浮き彫りになっており、大人と子供の両方を兼ね備えた少女特有の魅力を演出するのにぴったりだろう。

どちらにせよ翔太にとっては今まで縁の遠かった代物であり、異性を強く意識させるものだ。ドクドクと心臓が全力疾走もかくやというほど早鐘を打つ。

何かの罠《わな》？　俺、試されてる？　やけに可愛らしくない？　黒とかちょっと背伸びし過ぎじゃ？

翔太はそれに視線を釘付《くぎづ》けにしたまま、ぐるぐると困惑した思考を巡らせていると、いつの間にか傍にまでやってきていた美桜がやけに神妙な声で囁《ささや》いた。

「黒とかやばくね？」

「っ、美桜!?」

「やー、さすがにもうすぐ高校生になるとはいえどさ、まだ早いというか……でもなー、えりちゃん大人っぽいからなー、アリってのもわかるんだよなー？」

そう言って美桜はブラジャーを摘まみ上げながらうんうんと頷《うなず》く。

どうやら黒は英梨花のものらしい。まったくもってこれはそう、兄としてけしからん。

だがスラリとした英梨花には確かに似合うかもしれない。悶々《もんもん》とする。もし昨夜、ほんの少し早く洗面所に行っていたら、その答えがわか――って、いやいや何を考えているんだ、と我に返った翔太はぶんぶんと頭を振り、努めてむくれた声色を作って現物を見ないようにして言う。

「なんだよ、それ」

「あぁ、こっちのあたしのこれ服に合わせて買ったやつ」

「聞いてねぇよ！」

「いっやー、でも可愛くね？　どうせなら見えないところもちゃんとした方がいいと思って……、はっ！　これってアレだ！　いわゆる勝負下着だ！」

「何言ってんだ、バカ。そうじゃなくて、なんでそれだけそこに置いてんだよ」

「やー、それ洗おうとしたんだけど、洗濯ネットがなくてさ」

「洗濯ネット？　そういや見たことないな」

「ほら、そのまま洗うとストラップとか絡まっちゃうから。あ、しょーちゃんのと一緒に

Sexy...
CUTE

洗うの嫌とかじゃないから、安心して？」

「はいはい」

「ん、でもふと思ったんだけどさ、こう局部を一日中押し付け汚したものを1つの洗濯機で洗って混じり合うのって、それもう実質セッ――」

「おま、何言ってんの⁉」

「ぁ痛っ」

やけに馬鹿なことを真剣に口にする美桜の頭を、ペシッと叩《たた》いてツッコミを入れた。てへりと舌先を見せる美桜。少々見てしまったことに気恥ずかしさなり罪悪感があったが、そんな慣れた幼馴染《おさななじみ》のやりとりに薄れていく。正直、少し助かった。

「わかった。じゃあ買ってくるよ。でもどこに売ってんだ？」

「んー、百均やスーパー、ドラッグストアとか？」

「色んなとこで売ってんだな。わかった、行ってくる」

翔太はそう言ってシーツと寝間着を洗濯機に放り込み、洗面所を出ようとしたところで、やけに愉快気な美桜に声を掛けられた。

「そういや随分熱心に眺めていたけどさ、しょーちゃんどっちの色が好みなの？」

「んなっ⁉　し、知るか！」

「にひひ」

揶揄《からか》われた翔太は顔を真っ赤にして、洗面所を飛び出していくのだった。

翔太はスーパーがある駅前でなく、わざわざ郡山《こおりやま》モールまで自転車を走らせた。先ほどのほとぼりを冷ますためだ。

百均の普段は縁のない洗濯コーナーに足を踏み入れれば、はたしてそこに目当ての洗濯ネットがあった。それはもう、たくさんあった。

色違いだけでなくキャラクターをモチーフにしたものまでさまざまな種類があり、どれを買えばいいのか戸惑ってしまうのも無理はないだろう。

顎《あご》に手を当て考えることしばし。使用用途を考えて一瞬頬に熱がぶり返したものの、使えればなんでもいいやと思い直し、適当な大きさの無地のモノを選んで購入。せっかく郡山モールに来たついでとばかりに本屋に寄り、いつも読んでいる漫画雑誌も買って後にする。

翔太が帰宅すると、ちょうど美桜が庭で先ほど洗濯機に放り込んだシーツを干しているところだった。こちらに気付いた美桜は、「おーい」と言いながら手を振った。

「おかえりしょーちゃん。あった？」

「ほらよ」

「お、あんがと」

すっかり主婦な様子の幼馴染に苦笑しつつ、玄関から買ってきた洗濯ネットを投げれば、見事にキャッチ。美桜はそのままリビングの掃き出し窓から家の中へと入り、洗面所へと向かう。

翔太は先ほどの間違いは繰り返すまいと、玄関を潜るとそのまま自分の部屋へと足を向けた。

「……ぁ」

「英梨花……？」

そして何の気なしにドアを開けると、どうしたわけか英梨花が居た。

本棚の前でぺったん女の子座り、手には漫画を持っており、その隣には漫画の山。

思わず自分の部屋だよなと確認のため見回し、ポカンとした様子で眺めていると、英梨花は悪戯《いたずら》が見つかったとばかりにほんのりと頬を染め、漫画で口元を隠しながら言い訳を紡ぐ。

「みーちゃん、これ面白いって」

「あぁ、それは」

昨日美桜が勝手に翔太の部屋から持ち出したシリーズだった。どうやら英梨花に布教したらしい。

「初めの方とか気になって……」

「はは、それ面白いよな。勝手に読んでくれよ」

「ん」

そう言って英梨花はこくりと嬉《うれ》しそうに頷き、漫画へと視線を戻す。どうやらこのままここで漫画を読むつもりらしい。

漫画に夢中になる英梨花の姿は微笑ましく、自分の好きな作品を気に入ってくれたことに喜ばしい気持ちが湧く。

しかしその一方で英梨花が、書類上は妹とはいえ綺麗《きれい》な女の子が部屋にいるということの状況が、少々こそばゆくも落ち着かない。

かといって自分の部屋なのに回れ右するのは、変に意識し過ぎている気がして。

それに今頃洗濯しているモノを考えると、リビングに戻るのも憚《はばか》られる。

翔太はなるべく普段通りを装いベッドに腰掛け、買ってきた漫画雑誌を読むことにした。

最初は少しばかり緊張していたものの、いざ読み始めるとぐいぐいと漫画の世界に引き込まれ気にならなくなっていく。それは英梨花も同じのようで、読むことに集中し、部屋にはただパラパラと紙を捲《めく》る音だけが響く。

しかしそれでもピタリと肩に柔らかいものが触れれば、何事かと思って顔を上げて見てしまう。

「っ⁉」

そして間近で互いの吐息が聞こえるくらいの距離に、血の繋《つな》がりが希薄な妹の綺麗な顔があれば、驚き肩を跳ねさせてしまおうというもの。その距離はとても近い。

「……兄さん？」

「え、いやその、いつからここに？」

「結構前から？」

「さ、さっきまで読んでたのは？」

「読み終えた。続きどこって聞いても、兄さんだんまり」

そう言って少し拗《す》ねたように言われれば、罪悪感から眉《まゆ》を寄せる。

どうやら言葉が聞こえなくなるほど、読みふけっていたらしい。

しかし、それはそれ。

「あー……あれはそこにあるので全部だ」

「残念」

「それでですね、英梨花さん？　近くないですかね？」

「ん、見にくい？」

「べ、別にそうじゃないけど」

「昔、こういう風に一緒に見た」

「……あぁ」

英梨花が珍しくふにゃりと微笑めば、翔太は何も言えなくなってしまう。その顔がかつてのものと重なれば、なおさら。

「懐かしい」

「そう、だな」

あまりに無邪気を感じさせる笑みだったから、変に意識している自分の方が不純だと思ってしまう。

互いに顔を見合わせはにかみ合い、仲良く読書を再開する。

肩と肩をくっつけ、息がかかるような距離でただただ漫画を読む。

邪念、雑念もなく、ただただ漫画の世界にとっぷりと浸る――というわけにはやはりいかなかった。

(近っ、やわらか、匂いが……っ)

その華奢《きゃしゃ》だがしかしやわらかな肢体を密着させられ、こてんと肩に乗せられた頭からは、本能へと訴えかける甘い香りが鼻腔《びこう》をくすぐりくらくらしてしまう。膝《ひざ》の上にちょこんと添えられた手の部分から全身が熱くさせられ、冷静であれという方が難しい。

余計なことを考えまいと漫画に集中するも、意識は完全に空滑り。

英梨花としてはただ、昔のように甘えているだけなのだろう。

しかしあの頃とは何もかもが違っていて。

悶々と妹に対して抱いてはいけない類の感情が胸で渦巻き、それが溢《あふ》れ出ないようぎゅっと唇を噛みしめ堪え、無我の境地で漫画のページを捲る。まるで修行僧の心持ちだった。

「……くすっ」

「っ！」

するとその時ふいに、英梨花が肩を揺らした。

翔太も思わずビクリと肩を震わせれば、英梨花もこちらの顔を覗《のぞ》き込んでくる。

見つめ合う形になることしばし。

やがて英梨花は頬を少し緩め、囁く。

「面白い」

「あ、あぁ、そうだな」

小悪魔的な微笑みだった。思わず一瞬、揶揄っているのかと勘違いするものの、すぐさま漫画のことかと思い直し、ぎこちない笑みを返す。

むず痒《がゆ》い空気が流れる。

「…………何イチャついてんの？」

「み、美桜⁉」「みーちゃん」

そこへ美桜の呆《あき》れた声が掛けられた。

いつの間にか部屋の入り口に居た美桜は、ジト目で翔太と英梨花の姿を捉《とら》えている。

「まったく、お昼が出来たって何度も呼んだのに来ないと思ったら……呆れた。２人だけの世界に入っちゃって……あ、もしかしてあたし、お邪魔でした？」

「いや、何か勘違いしてるぞ！　俺たちはただその、一緒に漫画を読んでただけだから！な、なぁ、英梨花？」

「ん、そう」

「……へー？」

咄嗟《とっさ》に言い訳を紡ぐも、美桜はまるで信じていないとばかりに生返事。翔太自身も抱き合うかのような距離で見つめ合っていれば、そりゃ仕方ないだろうとは思う。

英梨花はといえば兄と幼馴染のやりとりに、何かおかしいことがあるのだろうかと言いたげに、こてんと小首を傾げている。

それを見た美桜は苦笑と共に「はぁ」、と大きなため息を1つ。

「ま、兄妹《きょうだい》仲良いのはいいことだけどね。冷めちゃうから早く食べちゃってよ」

「おぅ」

「ん」

お昼ご飯は美桜曰《いわ》く、冷蔵庫整理を兼ねた具沢山チャーハンだった。

「ごちそうさま」

「おいしかった」

「おそまつさま」

美桜は食後のお茶を淹れながら、ふと思い出したかのように言う。

「そうそう、お米がもう無いんだよね。お醤油《しょうゆ》とみりんも、もうすぐ切れそう」

「はいはい、荷物持ちな」

「話が早くていいね。他にもついでに何か買いたいものある？　えりちゃんとかこっち来たばかりだし、色々足りないものあるんじゃない？」

水を向けられた英梨花は、しばし俯《うつむ》き「んー」と唸《うな》り、ややあって口を開く。

「コットン」

「こっとん？　ゆるキャラかなにか？」

「……コスメの」

「こすめ？　あ、綿！　……綿？」

聞き慣れない単語に反応する美桜を見て、目を丸くしてぱちくりさせる英梨花。

綿、のところで思わず吹き出してしまった翔太に、美桜はぷくりと頰を膨らませる。

「しょ、しょうがないでしょ、そっち方面はまだからっきしなんだから」

「みーちゃん、もしかしてスキンケア……」

「あ、あはは……えっと、スーパーの帰りに薬局寄ろっか」

なおも追及されそうになった美桜は、強引に話を打ち切って席を立つ。

翔太も苦笑しつつそれに倣い、そのまま財布を引《ひ》っ摑《つか》んで一緒に玄関に向かう。

すると美桜を、正確には前髪ちょんまげでスウェット姿のままの美桜を見た英梨花は、英梨花にしては大きな声を上げた。

「み、みーちゃん？」

「ど、どうしたのえりちゃん？」

「その格好で、外へ……？」

「へ？　何かおかし――」

「っ！」

「――え、えりちゃん!?」

信じられないものを見たとばかりに瞠目《どうもく》した英梨花は、咄嗟に美桜の手を摑み彼女の部屋へと連行する。啞然《あぜん》と見送る翔太。

部屋からはどたばたがっしゃん、何かをひっくり返す音と共に、「い、いやちょっと近所に行くだけだし！」「これちょっと短すぎない!?」「え、髪まで!?」といった抵抗を試みる美桜の声も聞こえてくる。

翔太は半ばご愁傷様と、連れていかれた部屋を半眼で見守ることしばし。

ややあって満足そうな表情の英梨花に手を引かれ、恥ずかしそうにもじもじと猫背になって出てきた美桜に、思わず息を呑《の》む。

「これ、は……」

「ん、これで完璧《かんぺき》」

「うぅ……」

スッキリとしたデザインのカットソーに花をあしらったふわふわひらりとした短い丈のスカートを合わせた姿は、まさに今時の可愛らしい女の子。髪までしっかりセットされており、美桜だと分かっていても「ほぅ」と息を吐き、目を奪われてしまう。

昨日出会った時もそうだったが、この見慣れたハズの幼馴染《おさななじみ》の変身した姿は、やけに胸をざわつかせる。

案外やるじゃないかという感心半分、残りはどこか遠い所へ行ってしまうかのような焦燥に似た複雑な感情で眺めていると、ふいに英梨花から声を掛けられた。

「兄さん、みーちゃんどう？」

「あぁ、可愛いな」

「しょーちゃん⁉」

意識の外から投げかけられた英梨花の言葉に、ただただ胸の内の、普段は言わないような言葉を口にしてしまう。

しまった、と思った時には遅かった。

慌てて何か言い直す言葉を探すよりも早く、揶揄《からか》われたと思ったのか顔をどこまでも真っ赤にした美桜が、ズカズカと目の前にやってきてゲシッと脛《すね》を思いっきり蹴飛《けと》ばす。

「ぁ痛っ⁉」

「もぉっ、さっさと買いに行くからね！」

そして可愛らしい格好とは裏腹に、不機嫌さから肩をいからせ玄関を出ていく幼馴染の背中を見て、目が合った英梨花とくすりと苦笑を交わし追いかけた。

なんだかんだ玄関先で腰に手を当てて待っていた美桜と共に、スーパーへと向かう。

「そういや夕飯に食べたいものある？」

「別になんでも」

「それが一番困る」

「そうはいっても、美桜の作るモノに外れないしなぁ」

「お、嬉《うれ》しいこと言うねぇ。じゃ、売り場で特売とか値下げシール見て決めますか」

そんな華やかで可愛らしい見た目で、いつもと同じ生活力溢れる主婦じみた言動が、やけにちぐはぐだ。まだまだこの幼馴染の姿には慣れそうにないなと眉《まゆ》を寄せていると、ふいに左手がひんやりとしたものに包まれた。

「っ⁉」

「ん」

振り返れば何食わぬ顔で手を繋《つな》ぐ英梨花。

こうするのが当たり前なのに、なぜ驚いているのと言いたげな瞳《ひとみ》を向けてくる。

別に嫌だというわけじゃない。昨日だって繋いでいた。

だけど今日はすぐ傍に美桜がいるのだ。

幼い頃ならいざ知らず、今はもう女の子と手を繋いで歩くということは、やはり特別な感じがして。

それに、記憶を浚《さら》っても美桜と繋いだ覚えはない。

そもそもこの年頃の兄妹は手を繋ぐものなのだろうか？

——でも英梨花は繋ぎたくて手を取ったんだよな？

そんなことをぐるぐると考えていると、美桜の「ふぅううぅ」というこれ見よがしな大きなため息が聞こえてきた。

「しょーちゃんそれ、こいつは俺のだぜアピール？　まぁえりちゃん可愛いもんね、気持ちはわからなくはないけど」

「や、ちが、これはだな、その……っ」

「ん、仲良しアピール」

やれやれとばかりに両手と共に肩を竦《すく》めて頭《かぶり》を振る美桜。

翔太は勘違いを正すべく思案を巡らせるも、英梨花は繋いだ手を見せつけるかのように掲げ、得意げに言う。

そんな風に言われれば、美桜も毒気を抜かれたのかフッと笑って相好を崩し、くるりと回り込んで英梨花の空いてるもう片方の手を取った。

「んじゃ、あたしはこっち。これであたしも仲良し！」

「んっ」

そして昔のように、一緒になって手を繋いで買い物へと向かった。


商店街というには大仰だけれども、毎日の食料品を売っているスーパーの近くには郵便局にパン屋、花屋に個人医院など郡山モールとは微妙に重ならない施設が軒を連ねている。

この近隣の住民たちが日常的に通っているエリアであり、翔太たちも幼い頃から足繁く通ってきた。

当然、中学の頃からずっと家事を一手に担ってきた美桜は、ある意味この辺のちょっとした有名人だ。客も店員も、ある程度顔見知りに遭遇することも多い。

その美桜が急にオシャレしてやってくれば、娯楽に飢えた人たちの興味を惹《ひ》くのは必然。知人と出会う度に「どうしたの？」「いい人できた？」「あらあら、そういうこと？　うふふ」と微笑ましい声を投げかけられる。

そんな感じでいつもより時間と体力を使っての帰宅。葛城家に戻って早々、美桜はそこいらに荷物を置き、勢いよくソファーへと身を投げ出した。

「疲れたーっ！」

美桜の葛城家での我が物顔な振舞いはいつものことだ。それはまぁいい。

しかし今日の美桜は普段は穿《は》かないミニスカートである。当然、ふわりと舞って捲《めく》れあがり、足の付け根の水色のものがチラリと見えかけドキリとしたところで——急に目の前が真っ暗になった。

「おわっ!?」

「兄さん、ダメ」

続けて耳に掛けられる英梨花の言葉と吐息。それから背中に押し付けられたささやかだが確かに感じられる双丘の膨らみに、動揺を露わにしてしまうのも無理はないだろう。

その英梨花はといえば、少しばかり咎《とが》める口調で美桜に向けて言い放つ。

「みーちゃん、見えてる」

「おっと、そういえばそうでした」

美桜のやけに気の抜ける掛け声と衣擦れの音の後、ややあって光を取り戻す。

それと共に離れていく体温に寂しさを覚えつつ振り返ると、英梨花は憮然《ぶぜん》とした顔で咎める色を湛《たた》えた瞳を美桜に向ける。

「みーちゃんは少々はしたない。ここには兄さんもいる」

「やー、しょーちゃんなら別にいいかなって」

「ダメ」

「えー今更だよね、しょーちゃん？」

「……俺に振るなよ」

有無を言わさぬ英梨花の迫力にたじたじになった美桜が助けを求めてくるも、翔太は巻き込まれるのはごめんだとばかりに距離を取って首を振るのみ。

なおも英梨花にジッと見つめられる形になる美桜。

やがて「うっ」と呻《うめ》き声を上げ、観念したとばかりに軽く両手を上げた。

「はい、今度からスカート穿いてる時は気をつけマス」

「…………ん」

美桜の言葉に、なんとも煮え切らない感じで頷《うなず》く英梨花。

ホッと息を吐いた美桜はそんな英梨花をまじまじと見つめ、何の気なしに思ったことを言う。

「なんだかさー、えりちゃんってば妹というよりカノジョみたいだねー」

「っ」「むぅ」

彼女。

その言葉に少しばかり肝が冷える。やはり兄を持つ妹である美桜から見てみても、英梨花との距離感は近過ぎるのだろうか？

　英梨花はといえば、困った風に眉を寄せている。

　こちらの様子に気付いていない美桜は、ソファーの上で胡坐《あぐら》をかいたままぐーっと大きな伸びをして、窓から見える空の様子に悩ましそうに呟《つぶや》く。

「む、お天気がちょっと怪しいかも。今日は晴れるって言ってたのになぁ」

「じゃあもう取り込んでおこうか？」

「あ、お願……えっち」

「そ、そういうんじゃねぇ！」

「あはは、ウソだって。シーツや服とかお願いね」

「ん、私も」


　洗濯物を取り込み終えるのと、雨が降り出すのはほぼ同時だった。幸いにしてシーツは乾いており、部屋に戻った翔太は布団に敷き直し、ごろりとベッドの上に寝転ぶ。

　屋根を叩《たた》く雨音を聞きながら考えるのは、やはり英梨花について。

「……甘えてはいるんだよな」

　これまでのことを思い返し、感じたことを言葉にしてみた。

　英梨花も昔のことを引き合いに出しているように、外れではないだろう。

だけど、それが正解というには何かが違う気がして。

ふと壁越しに英梨花の部屋の方を見てみる。

微かに気配を感じるものの、特に何かをしているわけではなさそうだ。

先ほどまで見ていた漫画雑誌を手にしてみるが、またも内容は入ってこない。

ふぅ、と色んな思いが籠《こも》ったため息を1つ。スマホを手繰り寄せ、適当におススメ動画を流しながら、またもぐるぐると英梨花のことを考える。

するとやがてリビングの方から「できたよー！」という美桜の声が聞こえてきた。気付いていなかったが、外はとっくに暗くなっており、結構な時間が経っていたようだ。

「ぁ」

「ん」

部屋を出たところで丁度英梨花と出くわした。

ずっと英梨花のことを考えていたにもかかわらず、咄嗟《とっさ》に言葉が出てこない。

代わりに階段先にどうぞと促し、後を付いて行く。

頭の中は依然としてぐちゃぐちゃだったが、ダイニングテーブルの上に広がる大皿を見て、それらは一気に吹き飛んだ。

「お、から揚げ！」

「安かったからねー」

好きな料理は数あれど、美桜のから揚げはその中でも格別だ。お好きにいくらでもどうぞとばかりに中央で大皿に盛られていれば、否応無しにテンションが上がる。

そわそわしながら席に着き、美桜によそってもらったご飯を受け取ったところで、英梨花が立ち尽くしていることに気付く。

「英梨花？」

「……っ、作り過ぎ？」

英梨花がそんな驚きの声を漏らせば、美桜は「あはは」と笑いながら小さく片手を振る。

「いやいや、これでも足りないくらいだよ。しょーちゃんと兄貴がセットになれば、この3倍は食べることあるし！」

「さすがにそれは試合後じゃないと無理だわ。それに美桜も結構食べるし」

「てへ。ま、とにかくえりちゃんも席に着いて食べよ？」

「……ん」

そしていただきますの声を重ね、早速から揚げを小皿にとりわけ一口。

たちまちじゅわっと溢《あふ》れる肉汁が幸福で口の中を満たし、そこへすかさず白米を搔《か》き込み受け止めさせる。白米とから揚げが出会うことにより渾然一体《こんぜんいったい》となって、また別の美味しさへと昇華していく。から揚げがなくなりそうになればすかさず大皿から補充し、白米がなくなりそうになればお茶碗《ちゃわん》から援軍を呼び寄せる。

箸《はし》を動かす手が止まらない。

これだけでも十分に美味《おい》しいのだが、味の変化も欲しくなるというもの。

「美桜、アレは？」

「アレ？」

「あー、アレね、はいはい！」

アレ、という言葉に首を傾げる英梨花。美桜はといえば、慣れた様子で冷蔵庫からマヨネーズを取りだし渡してくれる。

翔太にとって、美桜のから揚げにマヨネーズは欠かせない。味のアクセントになるだけでなく、ご飯との相性もばつぐんだ。ますます箸を動かす手が速くなろうというもの。

そんな翔太を見て、美桜が呆《あき》れたように一言。

「揚げ物にマヨとか、絶対太るよね」

「太るのが怖くてから揚げなんか食えるか！　美味しさの前にはどうでもいいし、それに美桜だってポン酢掛けてるだろ？」

「ポン酢はほら、脂っこさを中和してくれるし、実質低カロリーになるというか？」

「結局、ポン酢の分のカロリー増えてるんじゃ？」

「うっ」

そんな風に、傍《はた》から見れば和気藹々《わきあいあい》と軽口を叩き合う翔太と美桜。

「まぁレモン掛けるのも結構好きだけどな」

「ポン酢に通じるとこあるよね。わざわざレモン買って切って掛けるのは手間だけど！」

「そういや英梨花はから揚げに何か掛けたりしないのか？」

「別に。これ、十分下味ついてる」

「あ、わかってくれる⁉　でもそれはそれとして、味変すると楽しみが増えるよ。試しにポン酢なんかどう？」

「マヨネーズいいぞ！　このこってり感は大正義！」

「乙女の大敵カロリーさん！」

「そんなの気にして食えるか！」

「油断するとすぐ増えるんだよ！」

翔太と美桜は英梨花へと水を向けるも、それぞれ好みのことでじゃれ合いだす。

その様子をしばらく見ていた英梨花は目を細め、口を開く。

「みーちゃんと兄さんは――」

そこで言葉を区切り、しばし続くセリフを探して俯《うつむ》く。

そして数拍の後顔を上げ、努めて明るい声を作って言った。

「似た者同士」

「だってさ、しょーちゃん」

「あー、まぁ、付き合い長いからな」

「にひひ」

英梨花から意外な評価が飛んでくるも、そう言われるのは悪い気はしなかった。

第4話 入学式と、あれやこれ

ある日の夕食時、やけに落ち着かない様子の美桜《みお》がそわそわした声を上げた。

「いっやー明日《あした》は入学式。女子高生に、ＪＫになると思うとなんか妙にうずうずしちゃう」

「私もちょっと、足元ふわふわ」

「美桜がＪＫとか、何か悪い冗談を聞いてるみたいで不思議だ」

「あはっ、あたし自身もそう思う。しかも高校デビューだし、なんか身体を張ったギャグをしてるみたい！」

美桜がおどけた風に肩を竦《すく》めれば、小さな笑い声が上がる。

高校生になる、と思えばやはり感慨深いものがあった。

もう子供とは言えず、中学までと違って義務教育でもない。将来という言葉が現実味を帯び、自らの進む道を見据えなければならず、不安とプレッシャーを感じる一方、キラキラと未知の輝かしい何かとの出会いに期待してしまうのも確か。

昨年ケガをした左手首を擦りながらこれからのことに思いを馳《は》せていると、ふいに英梨《えり》花《か》の憂いを帯びた声が響く。

「私は不安の方が大きいかも」

そう言って英梨花は、自らのミルクティにも似た色合いの長い髪を指先で弄《もてあそ》ぶ。

確かに幼い頃から周囲とは異質なこの髪色は、色んな誹りの対象になってきた。翔太《しようた》でさえ様々なことがあったのだ。きっと英梨花も苦労してきたことは、想像に難くない。

しかし美桜はそんな英梨花の心配を吹き飛ばすかのように、明るい声で言う。

「いっやー、大丈夫でしょ。高校生にもなってそんなことする人いないって。ね、しょーちゃん？」

「あぁ、むしろそんなガキっぽいことをする方が非難の的になるだろうよ」

「みーちゃん、兄さん……そうだといいな」

「それよりもえりちゃん綺麗《きれい》だからさー、気を付けるのは変なちょっかい出されたり、妬《ねた》まれたりする方かなー？」

美桜の言葉で渋面を作る。それは翔太も懸念していたことだった。

兄の欲目を差し引いたとしても、英梨花の美貌《びぼう》は周囲より頭1つ分抜けていると思う。

とはいえ、どうすればいいかはわからなくて。翔太が考え込んでいると、ふいに美桜は芝居がかった様子で腕を組み、「うーむ」と唸《うな》り声を上げた。

「それより目下、やばい案件があるなと思いまして」

「うら若い乙女が、同級生の男子の家で同棲《どうせい》生活している件」

「ぶふっ、ぶほっ、うら若っ、ははっ、はははは、確かにそうだな」

「でっしょー？」

その言い草に思わず噴き出してしまったものの、確かに傍から見ればそういう状況だ。

たとえ幼い頃から一緒なのが当たり前、すっかり葛城《かつらぎ》家に馴染《なじ》んでおり、むしろ居ない方が落ち着かないとはいえ美桜は一応、他人なのだ。もしこの状況がバレれば、世間体が悪いなんてものじゃないだろう。

「んー、俺たちが一緒に暮らしていることは、隠していた方がいいな」

「そうだねー。変な勘繰りはゴメンだし。あ、でもなんかこう、秘密を抱えた高校生活が始まると思うとドキドキするね！」

「やばい案件？」

「んっ」


その後、部屋に戻った翔太はベッドの上でゴロリと寝転びながら、先ほど決めた取り決めについて思い巡らす。

年頃の男女が一つ屋根の下での生活。

そのことで最初に意識してしまったのは、美桜でなく英梨花の方だった。

今まで遠く離れていたこともあり、未だ一緒に暮らすことに慣れていないのも事実。

（本当の妹じゃない、か……）

そのことを、美桜はまだ知らない。

言える機会も摑《つか》めないまま、今日まで来てしまった。

とはいえ希薄ではあるものの、血の繋《つな》がりがあることをこの髪色が示していて。

翔太は前髪を親指と人差し指で摘まみながら、眉《まゆ》を寄せる。

何かが胸の中でわだかまっていた。

それにこれは自分1人の問題でもないだろう。

思い立ったが吉日、翔太は「よしっ！」と自らを鼓舞してひょいっと起き上がり、その勢いのまま隣の英梨花の部屋のドアを叩《たた》く。

「英梨花、ちょっといいか？」

「兄さん？　……ちょっと待って」

ごそごそと何かを動かす音を聞きながら待つことしばし、「どうぞ」と入室を促される。

こちらに戻ってきた日以来足を踏み入れた英梨花の部屋は、相変わらず物が少なく寒々しさすら感じるものの しかし、自分の部屋とは違う甘い女の子の匂いがして、少しばかり落ち着かない。

翔太が言葉を無くし目を泳がせていると、机の上に充電コードに繋がれたスマホとメモ書きが見えた。何か調べものをしていたのだろうか？

そんなことを考えまごついていると、英梨花が訝《いぶか》しみながら顔を覗《のぞ》き込む。

「兄さん？」

「っ！　あぁいやその、俺たちの、血のことというか、美桜に隠したままというか……」

「……」

「……」

話を切り出せば、英梨花は徐々に表情を曇らせ眉を寄せていく。

翔太は余計なことを聞いてしまったかと困ったように眉をよせ、見つめ合う形で互いの息遣いを聞くことしばし。

やがて英梨花は睫毛《まつげ》を伏せ、硬い声色で呟《つぶや》いた。

「私は、兄さんの妹だから……」

「……ぁ」

翔太は目を大きく見開き、瞳《ひとみ》を揺らす。

まるで迷子になった幼子のような呟きだった。

あぁ、なんてバカなことを聞いたのだろう。

悲しげに歪《ゆが》む妹の顔を見て罪悪感と自らの言葉を恥じた翔太は、パシンッと両手で己の両頰を勢いよく叩く。

「に、兄さん!?」

「痛《つう》～……ごめん、変なこと聞いたな。俺は兄で英梨花は妹、ずっと前からそうだった」

「ぁ……んっ」

そう言って翔太が妹の頭をくしゃりと撫《な》でれば、英梨花は恥ずかしそうにしつつも、口元を緩めるのだった。

◇◆◇

夜中に雨が降ったようで、空気は湿り気を帯びて少しひんやりしているが、静かでうららかな陽射しが降り注いでいる。入学式当日は、そんな心地よい朝だった。

翔太は真新しい制服に身を包み、机の上に置いているスマホの画面とにらめっこしながら、初めてのネクタイにあれこれと悪戦苦闘。

「ん……まぁ、これでいいか」

なんとか不格好ながらも形にすると、ちょうどその時リビングの方から「ふぉぉおぉっ！」という美桜の興奮した声が聞こえてきた。

朝っぱらから一体何をやってるのだかと、「はぁ」と呆れたため息を吐く翔太。

妙なことをしでかしてないだろうなと訝し気な表情で階段を下り、リビングのドアノブに手を掛ける。

「おい美桜、朝から何を大声――」

「しょーちゃん！」

「ぁ」

「――っ！」

思わず息を呑《の》み、目を大きく見開く。

そこに居たのは翔太と同様、セーラーブレザーが特徴的な高校の制服に身を包んだ美桜と英梨花。

翔太たちの高校の女子の制服は近隣でも可愛いと有名で、それを目当てに受験する人も多いというがなるほど、今までそうしたことを考えたことは無かったがこれは納得だ。

「ね、ね、見てみてしょーちゃん、えりちゃん見て！　すっごく可愛くね？」

しばし呆気《あっけ》に取られていると、美桜は興奮気味にぐいぐいと英梨花の背を押し、翔太の目の前へと持ってくる。

スラリと制服を着こなし、その華やかな髪色と綺麗に整った顔立ちは、まるで凛《りん》と咲く高嶺《たかね》の花《はな》のよう。

「……どう？」

英梨花が少し不安そうな顔で指先をもじもじさせながら訊《たず》ねてくる。

「え、あー……いいんじゃない、かな……」

「そう」

翔太は気恥ずかしさから少々ぶっきらぼうに返事をするも、英梨花は安心したように頬を緩める。その様子はいじらしくも可愛らしく、ドキリと胸が跳ねてしまう。

美桜はそんな翔太の心境も知らず、言葉を続ける。

「やーもー、えりちゃんすっごく似合ってるよね、モデルさんみたい！　背もスラーッってしてさ、昔はあたしの方が背高かったのになぁ。ね、ちなみに今いくつ？」

「ん、164」

「むぅ、あたしが156だから結構違うのも当然か。しょーちゃんも前の測定で175って自慢してたっけ。兄妹揃《きょうだいそろ》って背が高いのは遺伝子なんかねー？」

「っ！」

遺伝子。その言葉でギクリとしてしまう。

翔太は咄嗟《とっさ》に話題を変えようと美桜を見て、あることに気付き、眉を寄せた。

「美桜は……それちょっとスカート短くね？」

「あ、やっぱり？　めっちゃ足スースーするんだよねー。しゃがむと体勢気を付けないとパンツ見えちゃうし」

そう言ってケラケラ笑う美桜を見ながら、中学の時の制服姿を思い返す。当時はいつでも膝《ひざ》は隠れるような長さで、ついでとばかりにジャージも標準装備。野暮ったかった。

それが今は、膝はおろか太ももが眩《まぶ》しく光るほど、下品にならないギリギリまで短くされている。緩くウェーブを描くふわふわした髪も相まって、まるでクラスのカースト上位に君臨する華やかな女の子そのもの。

なんだか翔太の知っている美桜じゃないみたいで、やけにもやもやしてしまう。

「でもみーちゃん、可愛い」

「わー、ありがとー！　いやぁ、実はあたしもちょっとイケてんじゃねって思ってたり。しょーちゃん、どうよ？」

美桜はくるりと回り、後ろで手を組みながら前屈みになって顔を覗き込んできた。

それ自体は今までもよくあったことだがしかし、今の美桜はやけに可愛い女の子へと変《へん》貌《ぼう》している。

翔太は咄嗟に赤くなりそうな顔を逸らし、素っ気なく言い放つ。

「ま、馬子にも衣装だな」

「あっはっは、言い得て妙かも！　あ、でもそれって一応は似合ってるって褒めてくれている？」

「さぁな」

「素直じゃないなぁ」

「素直な意見を言ってるんだが？」

「もぉ、ああ言えばこう――うん？」

そんな軽口を叩き合っていると、ふいに美桜が眉を寄せた。

一体どうしたのかと聞き返すよりも早く、美桜はするりと手を翔太の首へと伸ばしてくる。その際、美桜の髪からふわりと甘い香りが漂って来れば、胸が騒がしくなり動揺してしまうのも仕方がないことだろう。

「お、おい、いきなりなんだよっ」

「ネクタイめちゃくちゃだよ、もぅ！」

有無を言わさず、翔太のネクタイを締めなおす美桜。

その顔は呆《あき》れた様子で、翔太は思わずカチンときて唇を尖《とが》らせる。

「仕方ないだろう、初めてなんだし」

「事前に練習とかしなかったの？」

「そのうち慣れるだろうって」

「呆れた。せっかくの入学式だってのに――と、これでよし」

「ん……あんがと」

「どういたしまして」

そんな小言を漏らしつつも美桜の手は淀《よど》みなく、あっという間に締めなおす。かなり慣れた様子だった。

「器用なもんだな。こんなのどこで覚えたんだ？」

「兄貴。ほら、不器用というかアレだったからさ」

「あぁ」

　不思議に思った翔太がそのことについて訊ねると、美桜から返ってきた言葉で互いに苦笑を零す。翔太にとっても兄貴分にあたる美桜の兄は豪快というか大雑把で、容易にその時の光景が想像できる。

　そのことを思い描いていたら、美桜がまじまじとこちらを見ていることに気付く。

「うんうん、しょーちゃんも制服、似合ってるよ」

「そりゃどうも」

「けど、寝癖がひどいからどうにかした方がいいと思うけど」

「っ⁉」

　美桜の視線の先へと慌てて手をやれば、ぴょこんと豪快に跳ねている。

　その様子を見てにししと笑う美桜に、くすりと微笑む英梨花。

　きちんとしている2人にそんな反応をされれば、翔太は美桜の「あ、朝ご飯用意しとくからねー」という言葉を背中に受け、洗面所に駆け込むのだった。

その後、身なりを整え手早く朝食を済ませた翔太たちは、入学式へと向かう。

翔太たちの通う高校は最寄り駅から20分ほど電車に揺られたところにある。

結構な満員電車に揉《も》まれ、やっとのことで着いた目的地で解放感に浸っていると、美桜が少しはしゃいだ声を上げた。

「ん～、電車使って通学ってなると、ちょっと大人になった気がするよね！」

「確かにな。高校生になったたって実感が出てきたかも」

「でも満員電車、苦手」

「あたしもそれは思った！　1本早くすれば空いてるのかな？」

「どうだろう？　座りたいけどギリギリまで寝てたいって気持ちもある」

「あはっ、わかるー！」

それに答える翔太と英梨花の声も、なんだかんだと弾んでいた。どうやらこれから始まる高校生活に浮かれているらしい。

そんなお喋《しゃべ》りをしながら改札を抜けると、翔太たちは「ほぅ」と息を吐く。

周囲を見回せば、多くの同じ制服の生徒たちが学校までの流れを作っている。その中でも真新しいものは自分たちと同じ新入生なのだろう。保護者と一緒なのがその証拠だ。その足取りは浮き立っていた。

きっと、翔太たちも似たようなものに違いない。心を弾ませお喋りしながら歩く。

他にも駅前にはちょっとした商店街が広がっており、これからは学校帰りに利用したりもするだろう。そのことを思えば、これからの高校生活への期待も高まるというもの。

（……ん？）

ふと、周囲からやけに視線を向けられていることに気付く。

注意してぐるりと周囲を見回せば、こちらを見ながら「レベルたっか」「あの子、今年の1年？」「あの髪、地毛っぽい」「両親どちらか外国の人？」「モデルやってんじゃね？」といった囁《ささや》き声も聞こえてくる。

あぁ、なるほどと苦笑を零す。

やはり、英梨花と美桜は客観的に見ても噂になるくらいの美少女なのだろう。特に英梨花の髪や肌、顔立ちは日本人離れしており、目立つのも無理はない。

そんな妹と幼馴染《おさななじみ》が少しばかり誇らしい一方、果たして近くにいる自分はどう思われていることやら。

そのことを考えて眉《まゆ》を寄せていると、ふいに遠慮がちに袖《そで》を引かれた。

「…………」

「あ」

振り返れば、目に憂いの色を滲《にじ》ませた英梨花の瞳《ひとみ》。

はたと昨夜のやり取りを思い返す。やはりまだ不安があるのだろう。

兄として妹を守らねばという気持ちが沸き起こる。

翔太は安心しろとばかりに笑みを浮かべ、くしゃりと英梨花の髪を撫《な》でた。

「大丈夫、大人しくしてたら変に絡まれることもないって」

「そうそう、人の噂も七十五日ってね」

「ぁ」

そう言って美桜もトンッと胸を叩《たた》き翔太の反対側、英梨花を挟み守るように位置取り、笑みを浮かべながらわかっているよと片目を瞑《つぶ》る。

(……ったく、こいつは)

美桜はあの一瞬でこちらの気持ちを汲《く》んだのだろう。正に以心伝心、幼馴染の為せる業。

翔太も微笑みを返す。

「ほら、何かあったら俺に言えよな」

「あたしにもバンバン頼ってよ、えりちゃん」

「ん」

少し安心したのか、わずかに頬を緩める英梨花。

翔太たちは肩を並べ、校門をくぐった。

皆の緊張、そして期待で満ちた体育館。

そんな厳かな空気の中で始まった入学式は、涼やかで透き通るような声で挨拶《あいさつ》を述べる新入生代表と共に、にわかに騒めきが混じりだしていた。

『暖かな風に誘われて蕾《つぼみ》を綻ばす桜のように――』

壇上で月のような煌《きら》めく長い髪をなびかせ、玲瓏《れいろう》と歌い咲くは英梨花。

誰もが英梨花の稀有《けう》な美貌《びぼう》に興味を誘われている。

（……新入生代表とか聞いてないぞ）

翔太はそんな周囲の反応に、思わず痛むこめかみを押さえる。

ちらりと目をやれば、視線に気付いた美桜も苦笑い。

入学早々、学校の噂の的になるだろう。「「はぁ」」と2つのため息が重なる。

はたしてそれは、翔太の予想通りだった。

入学式を終え移動した教室では、多くの興味津々な視線が英梨花に向けられている。

それでも誰も声を掛けないのは、割り当てられた席でツンと澄ました冷ややかな表情で座り、明らかに話しかけるなというオーラを発しているからだろう。

正確には、軽いノリの男子生徒が「その髪、珍しいね」と話しかけたのだが、英梨花が凍てつくような冷たい視線でそれ以上喋るなと言わんばかりの圧を掛け、それ以降誰も話しかけ辛い空気になってしまっていた。

一方そんな英梨花とは対照的に、美桜は多くの人に囲まれていた。

「え、マジで美桜っち⁉」

「どこの美容院行ったの⁉」

「五條《ごじょう》まるで別人じゃん、っていうか詐欺だよこれ！」

「えっと五條さん、だっけ？　中学の頃ってどんなだったの？」

「これこれ、全然違うでしょ？」

「ゎ……これは、すごいね……」

「あっはっは、あたしを見て驚き慄け。これが完璧《かんぺき》で正しい高校デビューってやつだぜい！」

美桜は同じ中学からの友人、またはその騒ぎにつられてやってきた人たちと盛り上がっていた。その調子の良さを見て、なんともいえないため息が漏れる。

この高校はこのあたりでも有名な進学校とはいえ、同じ中学から入ってくる人も多い。ザッと見た感じ、2割くらいだろうか。

その事情は残るクラスの人たちも同じようで、美桜のように同じ中学同士でグループを作っているのが見受けられる。

既にどこにでもよくあるような、教室風景が形成されているといえるだろう。

そんな中、英梨花がぽつねんと1人でいる姿に眉間《みけん》に皺《しわ》を刻む。どこか寂しそうにも見えた。あぁ、そうだ。遠方からやってきた英梨花に、翔太と美桜以外に知り合いなんているはずがないではないか。

無駄に騒がれるのも嫌だが、孤立も良くないだろう。

そう思い翔太が腰を浮かしかけたところで、横からトンッと肩を叩かれた。

「よ、翔太。高校でも同じクラスになったな」

「和真《かずま》。あぁ、よろしく」

そう言ってニカッと白い歯を見せるのは長龍《ながたつ》和真。洒落《しゃれ》っ気《け》をだしたのか、やけに頭をワックスでてかてかとさせている。翔太とは中学からの友人だ。

和真は困惑と半信半疑が入り混じった顔でぽりぽりと頬を掻《か》きながら、美桜の方を見ながら何とも言えない声色を零す。

「しっかし五條のやつ、すげぇな。アレ、本当に五條か？　生き別れの双子の姉とかじゃねぇの？」

「いや、確かに本人だよ。ほら、見てみろよ」

「あー……」

翔太が促した先にいるのは、椅子の上で片足胡坐《あぐら》をかきながら頬を両手でひっぱり「はひはほ～」と変顔を作っている美桜。

その残念な、しかし今までと同じく女子力とか慎み深さとは無縁な様子に、和真も頬を引き攣らせ顔を見合わせ苦笑い。

「アレは紛うことなく五條だな」

「中身はそうそう変わんねぇよ」

「ははっ、だな。けど……」

「うん？」

そこで和真は歯切れ悪く言葉を区切り、口元に手を当てながら思案顔。

翔太が訝《いぶか》し気な顔を向けると、和真はぽりぽりと頬を人差し指で掻きながら、少しデヘりとだらしない笑みを浮かべて口を開く。

「いやでも、アリだな」

「何が？」

「五條が」

「は？」

「いやいや考えてみてくれよ。これまで中身同様、外見もアレだったけど、ぶっちゃけ今ってめっちゃ可愛いじゃん。前と変わらず気さくで話しやすいしさ」

「…………」

「あ、もしかして翔太も狙ってる？」

「っ、んなわけねーよ！」

思わず反射的に否定する。少々顔が赤くなっている自覚はあった。

そのせいか和真はやけにニタニタしており、当てつけに脇腹を小突く。和真はそれで降参とばかりに軽く両手を上げ、そして今度は神妙な表情で顔を寄せてきた。

「ところでさ、翔太はどう思う？　ほら、新入生代表の」

「あぁ」

その視線が向かう先は英梨花。

やはり和真も気になっているのだろう、鼻息荒く興奮気味に矢継ぎ早に言う。

「めっちゃ綺麗《きれい》だよな、同じ中学のやつとか羨《うらや》ましいぜ。もしかしてモデル？　芸能人？　あんな子と同じクラスでラッキーだよな！　あー、彼氏とかいるのかな？　いるんだろうなぁ」

和真の気持ちも分からないでもないが、それでも英梨花を異性として見る友人の言葉に、ムッと気色ばむ翔太。つい無意識のうちに言葉を返す。

「彼氏なんていねーよ」

「えー？　何でそんなことわかるんだ？」

「妹だから」

「…………は？」

「だから妹。俺の。ほら、髪の色とか似てるだろ？」

翔太は憮然《ぶぜん》とした口調で言い切ってから、しまったとばかりに顔を引き攣らせた。

しかし一瞬の逡巡《しゅんじゅん》の後、まぁ別に隠すことではないかと開き直ることにする。

和真はといえば呆気《あっけ》に取られて目を瞬かせることしばし、やがて翔太の言葉の意味を咀《そ》嚼《しゃく》すると共に、大声を上げた。

「ええええええええ～～～～っ⁉　翔太、お前妹いたっけ⁉　っていうかあんな美人な妹がいるならもっと早く紹介してくれたらよかったのに！」

「そんな鼻息荒いやつに引き合わせたい兄がいたら見てみたいよ。……ったく、家の都合で最近まで離れて暮らしてたんだよ、それで」

「そうそう、えりちゃん小さい頃はこっちにいたし、あたしもよく遊んだんだよね～」

「五條！」「美桜」

そこへ美桜がにへらと笑って会話に入ってきた。美桜がひらりと英梨花に向かって手を振れば、英梨花もわずかにこくりと頷《うなず》く。

するとそれまで美桜と一緒にいた面々や興味を持ったクラスメイトたちが、話しかけにくい英梨花に代わって一斉にこちらの方に群がり、怒濤《どとう》の如く質問を浴びせかける。

「妹、ってことはあの子と同じ屋根の下⁉」

「ね、ね、家ではどんな感じなの？」

「そういや苗字は同じ葛城だっけ⁉」

「葛城、今度お前ん家遊びに行っていい⁉」

「っていうか妹なのに同じ学年って珍しいよね。あ、もしかして双子？」

「わ、双子って初めてみたかも！」

「……年子だよ。俺が4月の末の生まれで英梨花が3月生まれ。かなり珍しいと思うが」

「あはは、そう考えるとしょーちゃんのおじさんとおばさんってラブラブだよねー」

「っ！」

ふいに横から入れられる美桜の言葉に、ギクリと息を呑《の》む。

妹だと喧伝《けんでん》するのはいいとして。

しかし義理だと知られるわけにはいかないだろう。ただでさえ目立っているのだ。それが知られれば口さがない人たちに何を言われるかわかったものじゃない。

「っと、お前ら席に着けよー」

幸いにしてその時タイミングよく担任になる教師が現れるや否や、皆三々五々散っていきホッと息を吐いた。

初日、肝心要の入学式も終わったということもあり、担任教師からの言葉はちょっとした祝辞と挨拶のみだった。後は生徒たちの自主性に任せてすぐに去っていく。

すると教室は先ほどの仕切り直しとばかりにあっという間に騒めき出し、そこかしこでこれからどうしようかと話し合う。

翔太もまずは英梨花に声を掛けようとするも、またしてもそれより早く遮られるかのように和真から弾んだ声を掛けられた。

「翔太、帰りに皆でどっか寄ってこうって話なんだけど、どうだ？」

「あぁ、俺は別にいいけど」

「よし、決まり！　で、妹ちゃんもどう？　行くよね？」

「――ぁ」

和真はそのままの勢いと軽い口調で英梨花の方へと行き、話しかける。

皆の注目も集まる。しかし英梨花は相変わらずの無表情のまま、一瞬ちらりと翔太と美桜へと目をやり、わずかに眉《まゆ》を寄せ淡々とすげなく答えた。

「他に用事」

「そ、そっか」

「あ、ちょっ」

一瞬、ピシリと周囲の空気が固まる。しかし英梨花はそのまま翔太の制止の声を聞くこともなく、教室を去っていく。

他の皆もその様子をぽかんとした顔で見送っていた。

あまりいいとは言い難い空気の中、翔太はあちゃあと顔を片手で覆う。

美桜と目が合えば、「あ、あはは……」と乾いた笑いを零していた。

　その後、翔太と美桜は新しいクラスメイトたち10人ほどと連れ立って高校の最寄り駅前にあるハンバーガーチェーン店でお昼ご飯がてら親交を深めてきた。

　主な話題は、美桜の変貌《へんぼう》でも翔太の髪やそこから派生しての英梨花のこととかでもなく、これからの高校生活への期待について。

　確かに翔太や英梨花の髪は珍しい。小学校の頃は色々あった。

　しかし高校生ともなれば、それほど異端として弾かれることもないのだろう。それに、染めている人だってそれなりにいるのだ。

　身構えていたこともあり、少しばかり肩透かしだったと言える。

　その後、二次会と称してどこかへ遊びに行く話が持ち上がったが、翔太は先に帰った英梨花のことが気に掛かり、辞退することに。

　美桜も家事をしなきゃと言って断りを入れ、一緒に帰ることにした。

　見慣れた駅から家までの道中、美桜は少し困った声色で呟《つぶや》く。

「えりちゃんも来ればよかったのにね」

「……あぁ、そうだな」

「そういやしょーちゃん、えりちゃんの用事って？」

「いや、何も。美桜は何かそれっぽいこと聞いてないか？」

「こっちもなーんにも。案外、断る口実だったのかもね」

「英梨花のやつ、人見知りだからなぁ」

「昔から引っ込み思案だし、それに言葉足らずなところもあるからねー」

「それで妙に誤解される事態にならなきゃいいけど」

翔太と美桜はそう言って苦笑を交わす。

だが英梨花があの調子だと、遅かれ早かれ要らぬ不和を招き、何かよくないことが起こってしまうかもしれない。

美桜もそのことを危惧《きぐ》してこの話題を振ったのだろう。

やがて家が見えてきた。答えが見えないままドアに手を掛け、固まる。

「……あれ？」

「どうしたの、しょーちゃん？」

「いや、鍵《かぎ》が掛かっててさ」

「えりちゃん、帰ってないの？」

「そうみたい」

玄関には鍵が掛かっていた。

現在時刻は3時ちょっと前。どこかでお昼を食べてちょっとした野暮用を片付けるにしても、とっくに帰宅していてもおかしくない頃合いだろう。

翔太と美桜は顔を見合わせ、小首を傾げる。

そのうち帰ってくるだろうと待っているもやがて夕方になり、陽が落ち、暗くなっても帰ってこない。メッセージを送っても無反応。

やがてゆっくりと夕食を作っていた美桜が、ぽつりと呟いた。

「さすがに心配だね」

「あぁ」

その時、「ただいま」と英梨花が帰宅を告げた。

リビングに居た翔太と美桜は反射的に玄関へと向かう。

「おかえり。その、遅かったな」

「どうしたの？　用事って何だった？」

「ごめん、それと…………なんでもない」

「……」「……」

2人がそう訊《たず》ねるも、英梨花はそれ以上言うつもりはないとばかりに硬い笑みを浮かべれば、翔太と美桜はそれ以上踏み込めないと困った笑みを浮かべるのだった。

＃幼い日の小さな約束

今はもう、遠い昔のことだった。
住宅街にある公園、その夕暮れ時。
そこで幼い女の子が泣きじゃくり、ボロボロになった男の子が慰めていた。
『ほら、えりか。あいつらはもうどっかいったから』
『うぐ……ぐす……っ』
人とは違う、髪の色。
周りとは違う、くっきりとした目鼻立ち。
将来有望に見えるそれらの要素はしかし、子供にとっては奇異に映る異物でしかない。
排除しようと動くのは、当然と言えよう。
だけど、当の本人たちにとっては理不尽以外の何物でもなくて。
どうして理由もなく意地悪されるのだろう？
どうしてわけもなく仲間外れにされるのだろう？

どうして気に入らないのなら、放っておかないのだろう？

悲しいというよりも、目の前でべそをかく妹の姿を見れば、悔しいという気持ちが強くて。

だからそれは幼心にも、この悪意からせめて妹を守りたいという、兄としての使命感だった。

『えりかは、おれがまもるから！　おれ、つよくなるから！』

『に、にぃに……』

しょうたがさしのべた手を、えりかが摑《つか》む。

それは小さい頃に交わした些細《ささい》な約束。

妹を、女の子を守らねばと自分へと誓ったことだった。

第5話　少しだけ、素直に

山にはまばらに霞《かすみ》が掛かり、4月の朝は春とはいえ少しひんやりしている。

まだ半ば夢の中に居る翔太《しょうた》が布団の中で揺蕩《たゆた》っていると、下の方から大きな声が聞こえてきた。この心地よいまどろみにもう少し浸っていたい翔太は、眉を寄せつつ音源に背を向ける形でごろりと寝返りを打つ。

もうひと眠り貪《むさぼ》ろうと意識を夢の世界へと堕とそうとしたところで、ドタバタと階段を駆け上がる音が聞こえたと思ったら、いきなり冷たい外気に晒《さら》され無理矢理意識を覚醒《かくせい》させられた。

「やばっ、しょーちゃん起きて！」

「寒っ⁉」

目の前には布団を剝《は》ぎ取る、寝癖でボサボサ頭の幼馴染《美桜》。

翔太は恨みがましいジト目を向けるも、続く美桜《みお》の焦った声で驚愕《きょうがく》の色へと変える。

「寝坊しちゃった！　早く準備しないと！　しょーちゃんも早く！」

「えっ⁉」

慌ててスマホを手繰り寄せ確認すれば、いつもより15分ほど遅い時間。遅刻確定というわけではないが、余裕はあまりなさそうだ。

美桜は「朝は簡単なものでいいよね⁉」と言いながら、勢いよく階段を駆け下りて行く。

翔太もこうしちゃいられないと着替えようとして、シャツに手を掛けたところでドアからこちらを覗《のぞ》く英梨花《えりか》に気付く。英梨花は既に制服に着替えていた。ジッと翔太と、そして下りて行った美桜がいる階段の先を交互に見やり、思案顔。

何をしているのかわからないが、英梨花の目があるとさすがに脱ぐのも躊躇《ためら》われる。

「あーその、英梨花？」

「っ！」

翔太が声を掛けると英梨花はビクリと肩を震わせ、2、3回目をぱちくりさせた後、「先、行く」と言って階段を下りて行く。

「……何だ？」

翔太は首を捻《ひね》り、不思議そうに独り言ちた。

その後、美桜の髪のセットに手間取るというひと悶着《もんちゃく》があり、駅まで駆け足という羽目になったものの、無事にいつもより1本遅い電車に飛び乗れた。もう遅刻の心配はないだろう。

美桜は電車の窓に映る自分を見ながら、前髪を摘まんでニヒルに笑って呟く。

「ったく、女の子するってのも大変だぜ」

翔太はそんないつも通りな幼馴染に呆《あき》れた風に言葉を返す。

「英梨花様々だな。手伝ってもらわなきゃ遅刻確定だったわ」

「いやー、あの手際の良さは魔法だね、真似できる自信ないや！　あ、しょーちゃんが代わりに覚えてよ、あたしの髪型係！」

「普通にヤだよ」

「えー、そう言わずにさ。それにほら、髪を自在にセットできるようになったら女の子と話す切っ掛けにも出来るし、モテるよ！　多分！」

「はいはい、いい妄想ですね、っと。ていうか、女子が髪触らせるのって相当仲が良くないとしないいんじゃねーの？」

「んー、どうなのかな？」

「俺に聞くなよ」

「じゃ、えりちゃ……って、遠っ⁉」

「……ぁ」

どうしたわけか、英梨花は数歩離れたところにいた。一緒に居る、というには少しばかり距離が遠い。

美桜が話を振れば、英梨花は眉《まゆ》を寄せて曖昧《あいまい》に首肯する。

その反応を見て美桜は、怪訝《けげん》な表情で翔太の耳元に口を寄せて呟く。

「ね、ここのところえりちゃんと妙に距離を感じるんだけど……」

「あぁ……」

それは最近思っていることでもあった。

今朝の朝食で目玉焼きにケチャップや醬油《しょうゆ》がどうこうと騒いでいる時も、英梨花は話を振っても上の空。何かを考えているようではあったのだが。

「……もしかしてしょーちゃん、えりちゃんのおっぱい揉《も》んだりお尻《しり》触ったりした？」

「っ⁉　だ、誰がするか！」

「え～、見るのはこないだやらかしてるしさ。それ以上ってなると、ね。あ、ちなみに肌はどこもすべすべで腰とかありえないくらい細かった！」

「って、美桜も色々やらかしてんじゃねーか！」

「ふひひ。まぁいいからえりちゃんこっちおいでよー、寂しいよー」

「ぁ……ん」

まじまじとこちらを見ていた英梨花もそう誘われれば、少し遠慮気味にやってくる。

翔太と美桜は、その様子に不思議そうな顔を見合わせ、苦笑を零した。

「はよーっす」

「おっはよーっ」

「……ょ」

高校生になって何度目かの登校、挨拶《あいさつ》と共に教室に入るや否や、美桜はたちまちクラスメイトたちに囲まれた。

「美桜っち課題やった？」

「あー、あれめっちゃ難しかったよね！」

「オレ、半分くらいわかんなかったよ……」

「え、そんなのあったっけ？」

「数学の、ほら問題集の応用問題のところ」

「うげっ、忘れてた……っていうかこれ、ちんぷんかんぷんなんだけど！」

「高校になって急に勉強難しくなってきたところあるよねー」

昨日出ていた課題のことでわいわいと盛り上がる。その中心にいるのは美桜だ。

翔太はその様子を自分の席に鞄《かばん》を置きながら、何とも言えない表情で見やる。

中学時代の美桜はといえばよく言えば明るくサバサバしており、悪く言えばちょっと鬱《うっ》陶《とう》しい、体育会系気質の元気な盛り上げ役。どちらかといえば自分から積極的に話しかけに行くタイプだった。その気質は今も変わっていないようで、見知らぬ男子に話しかけに行っている姿が見えた。

「北村《きたむら》くん、数学得意なんだって⁉」

「え、いやまぁ……」

「同じ中学の人から聞いたよー、理系全般成績いいって！　あたし理系苦手なんだー、文系も苦手だけど！」

「あ、あはは……」

物怖じせずに初対面の人と話せるのは美桜の美点だが、それが必ずいいように作用するとは限らない。

話しかけられた、いかにも生真面目といった感じの男子生徒は、何ともどう反応して良いのか困った顔。それに気付いていないのか嬉々《きき》として話しかける幼馴染の姿に眉を顰《ひそ》める。

「はいはい美桜っち、北村くん困ってるから」

「っと、りっちゃんに怒られちゃったい。ごめんね？」

やがて中学からよく一緒にいる顔見知りの女子生徒に回収され、元の輪へと戻される。

美桜が元の輪に戻った時、周囲の男子がホッとしつつも、鼻の下を伸ばしている姿を見て、なんとも胸にモヤりとしたものが生まれていく。

今までこんなことはなかった。

この変化は、中学時代と違って可愛らしくなった容姿のせいだろう。

翔太が眉間《みけん》に皺《しわ》を作っていると、美桜がこちらに向かって「おーい」と手を振りながらやってきた。今度は美桜と一緒に付いて来る男たちの厳しい視線に、思わず翔太も苦笑い。

「ここの問題さ、どうやって解いたっけ？」

「あぁこれ、俺もいまいちよくわかってないんだよな。なんとなく答えが出た感じで」

「あたし、答え見て写しただけだから全然なんだよねー」

「おい、美桜」

「あっはっは、いやぁ難しくてさぁ」

「……ったく」

今までと変わらない普段通りのやりとり、そして美桜の反応に周囲からも笑い声が上がる。そんな中、翔太は周囲をザッと見回してみた。

教室の至るところでもここと同じようなグループがいくつか作られている。

目新しく見えた教室も通常授業が始まり、数日もしないうちに皆も慣れ、新たな日常へと溶け込んでいるのだろう。

その時、ふいに英梨花がジッとこちらを見つめていることに気付いた。

翔太と目が合った英梨花は慌てて目を逸らし、手元のスマホへ視線を落とす。

何をしているんだろうと思いつつそのままジッと見ていると、何度もこちらをチラチラと窺《うかが》っているようだ。話の輪に入りたいのだろうか？　ここのところ、英梨花のことはよくわからない。

しかし、英梨花は1人ぽつねんとしていた。

傍目には相変わらずの無表情、ともすれば不機嫌にも見える様子でスマホを弄っていれば、話しかけようとする人なんていやしない。

（…………）

眉間に皺を刻み、逡巡《しゅんじゅん》することしばし。翔太は英梨花にも水を向けた。

「なぁ、英梨花はこの問題わかるか？」

「っ！」

「そうそう、えりちゃん新入生代表になってたくらいだし、お勉強できるんだよね！」

するとたちまち反応した美桜が英梨花のところへ駆け寄り、問題集を広げる。必然、周囲に居たクラスメイトも追随することに。皆も話しかける切っ掛けがなかなか摑《つか》めなかっただけで、英梨花には興味津々なのだ。好奇の目を向けている。

いきなりそんな視線に囲まれる形になって呆気《あっけ》に取られ、おろおろする英梨花。

しかし美桜は気にした風もなく、家と同じような調子で話す。

「ここ、どうやって解くの？　色々意見が分かれちゃってさ」

「……先にyの値を出して、その公式を当て嵌《は》めるだけ」

「へ？　……あ、ほんとだ！」

「なるほど、ここ引っかけなんだ！」

「わ、気付けばすんなり解けちゃう」

「すごいな、葛城《かつらぎ》さん。さすが」

「葛城さんだと2人いるし、英梨花ちゃんって呼んでいい？」

「あ、オレもオレも！」

「……え、ぁ……」

美桜を切っ掛けにして、クラスメイトたちから次々と話しかけられる英梨花。

ビクリと肩を跳ねさせ、目を泳がせる。口を噤《つぐ》むことしばし。

何度か話そうとして口をパクパクさせていたが、やがていっぱいいっぱいになったのか、
彼らの言葉に答えることなくスッと無言で立ち上がる。

「お手洗いっ」

「……ぁ」

そう言ってそそくさと教室を出ていけば、追いかけられる人はいない。

少し気まずい空気が流れる中、美桜と目が合い、またも互いに苦笑を零した。

昼休み。

授業の終わりを告げるチャイムと同時に、学校中が喧騒《けんそう》に包まれていく。

翔太も解放感からぐぐーっと伸びをしながら、さてお昼はどうしようかと考えていると、目の前に影が落とされた。

「英梨花？」

「……ぁ」

英梨花は片手を口元に当てながら、もじもじとしている。

何を言おうとしているのかと首を捻《ひね》っていると、美桜の「今日こそカツサンドーっ！」という声が響く。そちらの方へと目をやれば、財布片手に短いスカートを翻し、教室を飛び出していく幼馴染《おさななじみ》の姿。

続けて廊下から「うおおぉっ！」という雄叫びが聞こえてくれば、見た目とは裏腹になんとも慎みという言葉からかけ離れた様子に、ため息を漏らしつつ英梨花に向き直る。

「それで、どうしたんだ？　一緒に食堂にでも行くか？」

「……ん、いい」

そう言って誘うものの、英梨花は小さく頭《かぶり》を振って教室を出て行く。

「なんだよ」

英梨花のよくわからない行動に首を捻るのだった。

放課後になるや否や、スマホにメッセージが届く。

《キャベツと豚こま、生姜《しようが》も買っといて！》

美桜からだった。どうやら夕飯の材料らしい。

その美桜はといえば、こちらに向かってよろしくとばかりに片目を瞑《つぶ》り両手を合わせて拝んだ後、女子たちのグループときゃいきゃい言いながらどこかへと向かう。

そういえば休み時間に郡山《こおりやま》モールへ制服で遊びに行くと話していたことを思い返す。制服で、というのがポイントらしい。

今一つそのことにピンとこない翔太は、帰り支度をしていた英梨花へ声を掛けた。

「帰ろうぜ、英梨花」

「……ぁ」

こちらに気付いた英梨花はしばしジッと見つめてきた後、申し訳なさそうに眉を寄せ、ポツリと呟《つぶや》く。

「ごめん、今日も用事」

「そっか」

英梨花は言うや否や鞄を手に取り踵《きびす》を返す。その背中は付いてくるなと如実に語っていた。

1人取り残された翔太が所在なげにポリポリと頭を掻《か》いていると、ポンッと気安く肩を叩《たた》かれる。そちらに顔を向ければ、にやりと意地の悪い笑みを浮かべる和真《かずま》。

「フラれたな、翔太」

「うっせーよ」

揶揄《からか》う友人に憮然《ぶぜん》とした顔で小突き返せば、怖い怖いと両手を上げられる。

そしてどちらからともなく帰路に就《つ》く。

登校こそは英梨花と美桜と3人でするものの、帰りは今日のように別になることの方が多い。といっても、英梨花とは一度も一緒に帰っていないのだが。

「そういや翔太、部活どうすんの？　それか、道場の方に戻るのか？」

「あー、まだ何も考えてない。道場もちょっと……」

「ケガはもう治ったんだっけ？」

「一応、な」

「ところで、こないだおススメされてたアレだけど――」

「お？　アレはやっぱり――」

和真と取り留めもない会話に興じる。

途中、胸がチクリとする会話があったが、和真はすぐさま話題を変えてくれた。お調子者ではあるが、そうした機微には聡《さと》い奴なのだ。

やがて電車に乗ったタイミングで、和真はふいに声のトーンを落とし、神妙な声色で訊《たず》ねてきた。

「なぁ、妹ちゃんのことだけどさ、なんていうか、うまくやれてるのか？　ほら、長い間離れていたって話だし」

「あぁ……」

翔太はなんとも曖昧《あいまい》な返事をする。

最近、正確には高校に入学して以来、どうも英梨花の様子が少しおかしい。これまでやけに距離が近かったというのに、最近は遠慮することが多くなったというか、今日の学校でのやりとりを思い返しても妙に噛《か》み合わず、ぎくしゃくしているところがあった。

まぁもっとも再会して以来、ペースを崩されてばかりというのは変わらないのだが。

ともあれ、和真は和真なりに心配してくれているのだろう。

フッと頬を緩めた翔太は、窓の外の景色を眺めながら、昔からの友人に答えた。

「正直、ちょっとまだ色々戸惑ってるかな。前と同じ、ってわけにもいかないし」

「そっか。じゃあ旨《うま》くいかないようなら、うちの姉ちゃんと取り換えてやるよ」

「ははっ、言ってろ」

駅に着き、夕飯の買い出しがあるからと和真と別れ、スーパーで頼まれていたものを購入して帰宅する。玄関には鍵《かぎ》が掛かっており、美桜も英梨花もまだのようだった。

翔太は買ってきた材料を冷蔵庫に収めながら、ポツリと呟く。

「……英梨花、何やってんだろうな」

今日美桜が遅いのは寄り道しているからだ。それはいい。

しかし入学式以来、連日英梨花の帰りは遅い。この辺りの治安が悪いわけではないが、それでも日が暮れ夕食時に差し障っての帰宅は、やはり心配になる。

ましてやあの美貌《びぼう》、よからぬことに巻き込まれていないか不安に思うのは、家族なら無理からぬことだろう。

やがて食材をしまい終え、「ふぅ」と息を吐きながらソファーに腰掛け、考える。

翔太自身、確かに英梨花に遠慮しているというか、一歩引いている自覚があった。

そりゃ数年ぶりに再会し、見た目も見違えていて、しかも本当の兄妹《きょうだい》じゃないと告げられればどう接していいかわからなくなるというもの。互いに繊細な年頃なら、なおさら。

とはいうものの、考えれば考えるほど思考の袋小路に嵌《はま》ってしまって。

「あーもぅ！」

両手足をバタンと投げ出し、倒れ込む。

するとその時、玄関がガチャリと開き「ぎゃー、最悪ーっ！」という叫び声が響く。そしてドサリと鞄《かばん》を投げ捨て、開いてるドアからはドタバタと廊下を駆ける美桜の姿が見えた。床にはポタポタと水の跡。どうやら夕立にでも見舞われたらしい。窓の外に目を向ければ、ザザーッと音を奏でる大降りの雨。

美桜のやつご愁傷様、なんて考えていると洗面所から少々やさぐれた美桜の声が響く。

「しょーちゃーん、あたしの部屋から服持ってきて、いつもの部屋着！　あーもー、びしゃびしゃ！　最近予報当てにならないんだから、この令和ちゃんめ！」

翔太は「はいはい」と答え、かつては納戸として使っていた部屋へと向かう。

「………」

戸を開けた瞬間、ふわりと柑橘類《かんきつるい》を彷彿《ほうふつ》とさせる、爽《さわ》やかだが甘い香りが鼻腔《びこう》をくすぐる。美桜の、自分の家とは違う女の子の良い香りに少しばかり胸が跳ねてしまう。

部屋を見回せば淡い色合いのベッドのシーツに、少々コスメ類でごちゃごちゃした机、部屋の隅にある小さな棚には私物は少なく、無造作に入れられた真新しい高校の教材ばかり。床には脱ぎ捨てられた可愛らしい衣服にゲーム機、それから翔太の部屋から持ってきた何冊かの漫画が転がっている。

まさにガサツで大雑把な性格がよく表れた美桜らしい部屋、彼女のプライベート空間。

それが葛城家《翔太の》に存在していることと、本人の許可をもらっているとはいえ主のいない異性の部屋に足を踏み入れることに、ドキリとしてしまう。

ここに長居すると色々よからぬことを考えてしまいそうなので、足元に転がっている見慣れたスウェットとシャツを摘まみ上げ、即座に回れ右をして洗面所へ。

「美桜ー、持ってきー――」

「お、あんがとー」

「――……っ⁉」

手渡そうとして何の気なしに扉を開けた瞬間、固まってしまった。

そこに居たのは丁度ブラウスを脱ぎ、下着姿を晒《さら》している美桜。スカートを穿《は》いているのがせめてもの救いといえようか。

「……しょーちゃん？」

「っ！　この、バカッ！」

「わぷっ⁉」

美桜のきょとんとした声で我に返った翔太は、慌ててバタンと扉を一度閉め、手に持っていた美桜の部屋着に気付き、手だけ洗面所に入れて投げつける。

背中を扉に預けつつ、バクバクと早鐘を打つ心臓に右手を当て、「もぉ～」とぼやく美桜に声を張り上げた。

「着替えてるなら言え、見ちまっただろうが！」

「ん～、スポブラだしセーフ！」

「セーフじゃねぇ、さすがに気まずいわ！」

「あっはっは、家じゃちょくちょく風呂《ふろ》上がりこれだったもんで。ほら、しょーちゃんって家族みたいなもんだし。こないだみたいな勝負のやつじゃなきゃいっかなーって」

「いいとか悪いとかじゃなく、恥じらいをもってくれ」

「そんな！　こないだしょーちゃんのしょーちゃんを見た仲なのに！」

「おい！」

「あ、もしかしてこれ、いわゆるラッキースケベイベントなので、相応の反応が必要だってダメだしされてるやつですかね⁉」

「やかましい！」

「ふひひ……くしゅっ！　う、身体が冷えちゃったかも。このままシャワーにしよ」

「……ったく」

美桜は下着姿を見られたというのにさほど気にした風もなく、ケラケラと笑いながらマイペースにお風呂《ふろ》に入ってシャワーを浴び出す。

その音を聞きながら「はぁ～」と、大きなため息を1つ。

過剰に反応している自覚はあった。つい先月までなら、こんなこともなかっただろう。

それもこれも、美桜がすっかり可愛らしく変わったせいだ。

自分だけドギマギしていることに何だか不公平というか、釈然としないものを感じ、つい拗《す》ねたように胸の内を零す。

「今の美桜は可愛いんだからさ、ちょっとはその自覚を持ってくれよ」

「いっ⁉　〜〜〜〜っ、ぐ、ぐおぉぉぉ〜……」

するとゴツン、カラコロという鈍い音と甲高い音が響いたかと思うと、美桜の苦悶《くもん》の声が上がり、思わず洗面所の扉を開け、心配そうに声を掛ける翔太。

「ど、どうした美桜⁉」

「しゃ、しゃわ、シャワーのノズルが思いっきり足の小指に……っ」

「なんだ、人騒がせな」

「しょーちゃんがいきなり変なことを言うからでしょ⁉」

「なんだよ、褒めてるのに。はいはい、もうそういうことは言いません〜」

「それは、その……ぐぎぎ……」

「…………ぷっ」

「…………あはっ」

そんな軽口を叩き合っていると、どちらからともなく笑い声が上がる。

なんだかんだ、そういうところはこれまでと同じだった。

だから翔太は何の気兼ねもなく、前々から思っていたことを美桜に切り出せた。

「そういや最近英梨花の帰りが遅いけど、何してるか知ってるか？」

「いんやー、聞いても秘密の一点張りなんだよね」

「別に何しててもいいんだけど、さすがに連日こんだけ遅いと心配だ。せめて行き先だけでも教えて欲しいよな」

「そうだねぇ。えりちゃん美人さんなんだし、ストーカーとか痴漢とか気になるし」

「なぁ、そこでなんだけどさ、ルールとか決めないか？」

「ルール？」

「さっきみたいのが起こらないのも含めて、一緒に暮らしていくための取り決め」

「んー、確かに必要かも」

　話し出すとスラスラと言葉が出てくる。思えば美桜とは小学校に上がる前からの付き合いだ。一番身近で見て、見られながらして育ってきた。

　音を殺して歩く練習をしたり、変な形の石をランドセルにたくさん入れてノートや教科書をボロボロにしたりといった、互いに親に言われたくないような秘密も握り合っている。言うなれば兄妹以上に姉弟《きょうだい》な、厄介で心安い幼馴染《存在》。そんな美桜でもやはり異性で、家族とは違う女の子だということを、この一週間ほどで思い知った。

　先ほどのことにしてもそうだ。色々と問題点が浮かび上がっている。だから一緒に暮らすなら、様々なことを円滑にするための決まり事を設けた方がいいだろう。

　美桜でさえそうなのだ。英梨花にも同じことが言える。

　英梨花に対しては未だ慣れないことも多く、それでもやはりもっと色々知りたいし、仲良くなりたい。今、英梨花が何を――

「うん？」

そこまで考えた時、スマホが鳴った。画面を見れば英梨花からだ。

すぐさまタップし、通話に出る。

『……』

「英梨花？」

『…………っ』

どうしたわけか声を掛けるも返事はなく、ただザァザァと振る雨音が聞こえるのみ。

もしや誤作動か何かで勝手に繋《つな》がったのかと思った瞬間、ピカッと窓が光った。遅れて外とスマホ越しに聞こえる轟音《ごうおん》。

結構近くに落ちたかも、と思えば、スマホから震えるような英梨花の小さな声が聞こえてきた。

『にぃに、どこ……？』

「――っ！　美桜、ちょっと英梨花を迎えに行ってくる！」

「しょーちゃん⁉」

幼い頃と同じ物言いですがるような妹の涙声を耳にすれば、反射的に身体が動き、驚く美桜の声を置き去りにして、傘も差さず外へと飛び出すのだった。

急な春驟雨《しゆうう》は空をどんよりと暗く厚く覆い、滝のように降りしきる雨は地面で飛沫《しぶき》を上げて世界を白く染め上げる。

下校や退社の時間ということもあり、住宅街には背を丸めて折り畳み傘に縮こまったり、鞄を雨除けにして走り去る人々。

そんな中、濡《ぬ》れることも厭《いと》わず全力疾走する翔太。

(くそっ、何やってんだよ……っ!)

英梨花でなく自分に毒を吐きながら一直線に目的地に向かって駆け抜ける。

耳にこびりついているのは、先ほどまでの英梨花の不安そうな声。

見た目は見違えた。出自もかつて信じていたものではなかった。

だけど、その性根はそうそう変わらない。

泣き虫で憶病、甘えん坊。

ここ最近、英梨花の様子が少しおかしいことには気付いていたではないか。

だけど離れていた空白の時間が英梨花との間に溝となってしまっている。

見知らぬ人ばかりの土地、頼れるのは兄である自分だけ。

あぁ、思い返せば英梨花は、しきりにかつてと同じ妹であらんとしていたではないか。

もっと気に掛けるべきだった。

果たして自分はその溝を埋める努力をしていただろうか？

やがて住宅街の外れにある公園が見えてきた。近くに森と神社があり、美桜と出会い、英梨花とも一緒に遊んだ思い出の場所。そこにあるプリンのような円筒形の滑り台、その内部。

果たしてそこにびっしょり濡れて膝《ひざ》を抱える、英梨花の姿があった。

「英梨花」

「……ぁ」

名前を呼べば英梨花は目を大きくして瞳《ひとみ》を揺らし、息を呑《の》む。

見つめ合うことしばし。

英梨花はやがてスッと目を逸らし、膝に顔を埋める。

幼い頃、頑なになっている時によく見た仕草だった。翔太は困ったように眉《まゆ》を寄せ、滑り台の内部に入り、少し距離を空けて隣に座る。たちまち地面に水たまりができていく。

思案を巡らす。

――大丈夫か？

――どうかしたのか？

――何かあったのなら聞くぞ？

そんな言葉を掛けるべきだが、どうしてか適切ではない気がして口を噤《つぐ》む。

何とももどかしい空気が流れる。

互いの吐息の他に聞こえる雨音は、次第に弱くなっていた。

「……くしゅっ」

その時、可愛らしいくしゃみが響く。

英梨花は寒そうにぶるりと身体を震わせ、自らを掻き抱いていた。

それを見た翔太は自然とかつてよくしたように英梨花を抱き寄せ、手に指を絡ませ繋ぐ。

突然のことに頬を赤らめ丸くした目を向けてくる英梨花に、翔太は懐かしむような、しかし困ったような笑みを返す。

「手、冷たっ！　風邪ひくぞ……って、俺の方がびしょ濡れだな。これじゃ余計に悪化するかも」

「ん、これでいい。兄さんあったかい」

「そっか」

そう言って英梨花は翔太の胸に頭をぐりぐりと押し付けてくる。

物理的にも精神的にもくすぐったく、思わず笑みがまろびでる。空気も緩む。

だからだろうか。

聞きたいことがスルリと口から出てきてくれた。

「なぁ、最近帰りが遅いけど、何してんだ？」

「…………」

「別に何してようがいいんだけどさ、さっきみたいな電話がくるとさすがに心配というか……知りたいんだ、英梨花のことが。そして昔みたいに頼って欲しい」

「……ぁ」

翔太はジッと英梨花の目を見つめ、心の裡を妹にぶつける。みるみる頑なだった英梨花の表情が溶けていく。

視線が絡み合う。

英梨花の目には躊躇《ためら》いが見て取れた。言い辛いことなのだろうか？

やがて観念したのか英梨花は少し気まずそうに睫毛《まつげ》を伏せ、ポツリと呟《つぶや》く。

「……バイト、探してた」

「バイト？」

予想外の言葉に間抜けた声が漏れた。

バイト。

英梨花から告げられた理由に目をぱちくりさせる。少々気が抜けてしまったのも事実。入学直後ということもあって多少性急過ぎる気もしないではないが、なるほど、普段から身の回りのものやオシャレに気を配っている英梨花のこと、色々物入りなのだろう。それに、バイトではお金以外でも目的や学べることもある。

だが納得した顔を見せる翔太とは裏腹に、英梨花はどんどん表情を曇らせていき、そして苦々しく呟いた。

「私は、あの家の本当の子じゃないから」

「…………ぁ」

ガツン、と。後頭部を思いっきり殴られたような衝撃が走った。

英梨花は、翔太の父と母の子ではない。告げられた通りだ。遠く離れた、血の繋がりもかなり希薄な親戚《しんせき》。他人なのだ、その本質は。

また、美桜のように家事をこなし食費を入れ、居候しているわけじゃない。学校でもまた、遠くからやってきたのと生来の人見知りからの一人ぼっち。その不安はいかほどのものか。今の英梨花の立場はものすごく脆弱《ぜいじゃく》で。

だから、もしもにそなえて現金を得るためバイトを探していたのだろう。

キュッと胸が締め付けられる。やはり英梨花はかつてと変わらず、兄として守るべき存在だった。その衝動に任せるまま英梨花をギュッと抱きしめる。

「昔も言っただろ、英梨花を守るって。俺は何があっても英梨花の味方だから……だから、心配するな」

「にぃに……」

腕の中の英梨花はビクリと震えて恐る恐る見上げてくる。翔太が努めて明るく笑いかければ、英梨花は「んっ」と言って、ぎゅっと強く抱きしめ返す。

雨はいつの間にか止み、空からは夕陽が差し込む。

「風邪ひくといけないな。帰ろう、俺たちの家へ。それからいくつかの約束をしよう」

「約束？」

「これから一緒に暮らしていくための、細々とした取り決め」

「……んっ！」

翔太は英梨花の鞄《かばん》を取って立ち上がる。

互いに手を繋いだまま、昔のように帰路に就《つ》く。

それぞれの顔は、屈託のない無邪気な笑みに彩られていた。

第6話　家族になる為に

◇◆◇

雨上がりの夕暮れの家路を、英梨花《えりか》は兄に手を引かれながら少し後ろを付いて歩く。かつて一緒に暮らしていた頃も、よくあることだった。

びしょ濡れになって少し冷えている身体とは裏腹に、英梨花の心はじんわり温かい。

目の前には、記憶の中のものよりすっかり大きくなった背中。

かつてこの髪の色で謂《いわ》れのない言葉をぶつけられた時も、兄はいつもその背中で守ってくれた。とても頼りになって、気を許せて、唯一確かな寄る辺だったもの。兄さえ居てくれればそれでよかった。

――自分が本当の妹ではないと知るまでは。

異物だと誹られる自分は、家族の中でも異物だった。

それを知った時の、ガラガラと足元が崩れるような感覚は忘れられそうにない。

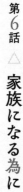

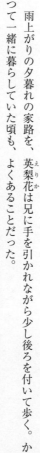

途端に、兄がどこか遠くに行ってしまうような気がして。

真実、自分が原因で離れ離れになってしまった。異物である、自分のせいで。

こちらに戻ってくるときも、嬉《うれ》しいという気持ちと共に不安と恐怖があった。

だからなるべく、昔と同じようであることを心掛けたけれど——だけどそんなもの、結局は杞憂《きゆう》だったのだ。今、そのことを実感している。この胸に灯る感覚はあの頃と何も変わりやしない。

いつだってこの兄は自分を見つけ、助けてくれる。血のつながりが希薄でも、やはり翔太《しょうた》は兄で英梨花は妹なのだ。

◇◆◇

2人してびしょ濡れで家に帰り、散々美桜《みお》の世話になったその日の夕食後のリビング。

翔太たちは話し合って、いくつかの取り決めをした。

思い返せばなし崩しに始まったこの3人の生活は、家のことなど適当で同居しているというより、宿泊施設みたくたまたま同じ施設を利用していたというような様相と言えよう。

ここは、旅館でもホテルでも何でもない。同じ家で生活していくとなれば、様々なことを自分たちで協力してやらなければならない。

　だから、家事に関することや生活していく上でのルールなど、様々なことを決めた。主に翔太が掃除、英梨花が下着のこともあって洗濯を担当することに落ち着いた感じだ。ゴミ出しは3人で当番制に。それらを確認するかのように、美桜が言う。

「——他は遅くなる時の連絡、ご飯の有無にトイレやお風呂《ふろ》に関するあれやそれ……いやぁこうして確認してみると、有耶無耶《うやむや》になってたことって結構あるねー」

「そのへんあやふやだったから、あんな事故が起こったりしたからな」

「あーあ、これでもうラッキースケベイベントが起こりにくくなっちゃったね。残念！」

「起こさないための取り決めだよ、ったく！」

「うしし っ」

　先日のいくつかの出来事を思い返し、赤面する翔太。その顔を見て笑う美桜。

　まったく、笑いごとではないというのにとねめつけていると、ふいに美桜が少し申し訳なさそうな表情を作る。

「でもいいの？　あたし、食事以外の担当ほぼないじゃん。いや、楽でいいんだけどさ」

「いいんだよ。美桜には普段のメシ作ってもらってんだから。家の他のことまで任せたら、それこそおかしいんだろ。俺たちがやるってのが筋ってもんだ」

「ん、みーちゃんまかせて」

「……そっか」

翔太は今まで母との二人暮らしの中で、家事が多岐に亘《わた》り手間や時間が掛かることを、よく知っている。いくら美桜が世話焼きとはいえ、過度に甘えるのはダメだろう。

それに明確な役割が出来ることで、英梨花もこの家に居場所があるということを実感しているのか、やる気を滾《たぎ》らせている。

こうしたすり合わせが、共に暮らしていく上で必要なのだろう。リビングには、かつてのような穏やかな空気が流れていた。

翔太はもっと早く決めておけばよかったな、なんて思っていると、ふいに美桜が「あ！」と何か思いついたかのような声を上げた。

「これってアレだ、カップルの同棲《どうせい》する時のルール決めに似てるね！」

「ど、同棲っ……おま、何を……っ」「っ⁉」

いきなりの言葉に動揺する翔太、肩を跳ねさせ目を泳がせる英梨花。

美桜はその反応をどこか悪戯《いたずら》っぽい笑みを浮かべ、人差し指をくるくる回しながら眺めた後、それを顎《あご》に当て「ん～」と唸《うな》り、どこか思案顔で呟く。

「でもこういう約束事ってさ、こういう風に言葉や形にしないとダメだってことなんだよね。家族になるためにさ」

「……あぁ、そうか。そうかもだな」

家族になるための約束事。

その言葉が、やけに胸にストンと落ちた。

将来一緒になることを、家族になることを前提としている恋人たちでさえそうなのだ。ただの幼馴染《おさななじみ》や長年遠く離れていた妹なら、なおさらこれは必要なことなのだろう。

特に英梨花は、かつてと色々違っている上に言葉も少なく、まだまだ知らないことが多いから、ことさらに。だから、もっと今の英梨花を知りたくて。

それは美桜も同じだったのだろう。ふいに優し気な笑みを浮かべ、英梨花の手を取る。

「だからえりちゃんもしたいこととか思っていることとか、ちゃんと言ってよ」

「えっと……？」

突然水を向けられ、困惑の表情を浮かべる英梨花。

美桜は確信を込めた眼差しで、諭すように言う。

「あたしやしょーちゃんにどこか遠慮したりしてるところあるっしょ。あまり迷惑かけないようにって、気を張ってるっていうかさ」

「……ぁ」

確かに美桜の言う通りだった。

思い返せば一緒に暮らしてからずっと、英梨花がこの家で気を抜いている姿を見たことはない。それだけ落ち着かなかったのだろう。

だから翔太も美桜の言葉に続ける。

「そうだな、もっと気軽に色んなことを言って欲しい。その、家族なんだからさ」

「だからほら、もっと甘えてもいいんだよ。案外頼られるのって嬉しいもんだし。うちの兄貴だって『アイス食べたい、コンビニで買ってきて。真帆《まほ》先輩が好きだって言ってた新フレーバーの』って言ったら喜んで買ってきてくれたし」

「おい、それは」

「うししっ」

自分の好きな人をダシに使われる美桜の兄を不憫《ふびん》に思い、ツッコむ翔太。いい笑顔を見せる美桜。

そんな風にじゃれ合っていると、ふいに袖《そで》を引かれた。

「そう、なの？」

「っ、あぁ、美桜の言う通りだ。英梨花が困ってたり悩んでたりしたら、力になりたいと思う。その、兄ってのはそういうもんだからさ」

「そう……」

恐る恐るといった様子の上目遣いで瞳《ひとみ》を揺らしながら訊《たず》ねてくる英梨花に、ドギマギする翔太。兄でなくても、こんなに綺麗《きれい》で可愛い子におねだりされたら、誰だって言うことを聞いてしまうだろうという言葉は呑《の》み込む。

そして美桜が、調子のいい声を上げた。

「よし、じゃあ早速えりちゃんがして欲しいことを言ってみよう！」

「え？　ぁ、その……」

「ほら、遠慮しないで。1つや2つ、何かあるでしょ？　欲しいプラモだとか、天井までガチャ回したいとか、駅近くの和菓子屋の超特大抹茶パフェ挑戦してみたいとか」

「美桜、お前の願望がダダ漏《も》れてるぞ」

「てへっ」

「え、えっとその……」

もじもじとしながら翔太と美桜の顔を見やる英梨花。

何かして欲しいことがあるのだけれど、言いにくい様子。

急かすことなく見守っていると、やがて英梨花は少し気恥ずかしそうに頰を染め、口を開いた。

「……一緒に寝たい」

「寝っ」

「おっ、いいねぇ。じゃ、客間の和室使おうぜ！　ほら、縁側の。昔よくあそこで一緒にお昼寝したし。しょーちゃん、布団運ぶの手伝ってよ」

「お、おぅ」

「ん、私も」

2023
12
December
スニーカーNAVI
むかつく。けど、心地いい。
魔性の仮面優等生
×
負けず嫌いな平凡女子
第28回
スニーカー大賞
《金賞》は、
甘く刺激的な
ガールズラブストーリー！
新作
性悪天才幼馴染との勝負に負けて初体験を全部奪われる話
犬甘あんず　イラスト／ねいび
負けず嫌いな平凡女子・わかばと、なんでも完璧な優等生・小牧は、大事なものを賭けて勝負する。ファーストキスに始まり一つ一つ奪われていくわかばは、小牧に抱く気持ちが「嫌い」だけでないことに気付いていく。

沖縄修学旅行編！
"好き"が深まる
元サヤカップルに新たな変数!?
男嫌いな明日葉院蘭が水斗に告白!? そんな一大事を抱えたまま、沖縄修学旅行が始まった。旅先でもなるべくイチャつきたい元サヤカップルの結女と水斗だったが――プールサイドでの密会を誰かに覗かれてしまい!?
継母の連れ子が元カノだった11
どうせあなたはわからない
紙城境介　イラスト／たかやKi
TVアニメ2期制作決定！
さらなる依頼と冒険に、大繁盛の第3巻!!
新装版
自動販売機に生まれ変わった俺は迷宮を彷徨う3
昼熊　イラスト／憂姫はぐれ
アプリで繋がった運命の行末は――
「いいね」で始まる恋物語、フィナーレ！
マッチングアプリで元恋人と再会した。4
ナナシまる　イラスト／秋乃える

結婚できる
でも結ばれるのは
1人だけ
新作
血の繋がらない私たちが
家族になるたった一つの方法
雲雀湯　イラスト／天谷たくみ
高校入学を前にした翔太の家に2人の美少女がやってくる。数年ぶりに再会した義理の妹・英梨花と、家族同然の幼馴染・美桜。3人で新しい「家族」になろうと決めたのに、不意に「異性」を意識してしまって――
雀湯 2作同時刊行
目立たず生きて破滅エンド回避――
のはずが、
みんな俺のこと褒めすぎだろ
新作
クズレス・オブリージュ
18禁ゲー世界のクズ悪役に転生してしまった俺は、
原作知識の力でどうしてもモブ人生をつかみ取りたい
アバタロー　イラスト／kodamazon
ウルトス・ランドール――とある18禁ゲームにて最悪のクズと名高いキャラに転生した俺。破滅エンド回避のために原作知識を生かしてモブ人生を歩もうとしたら……なぜか皆からの勘違い&熱視線で好感度爆上がりで!?
時別は
じゃない
恋模様花開く
文化祭編！
アニメ化
企画
進行中
可憐な
男子と思って
幼馴染だった件7
隼人に対する異性としての感情に落ち着かない春希。そんな中文化祭の季節がやってくる。春希発案のコンセプト喫茶の準備でクラス中が浮足立つ中「隼人を狙っている子がいる」と噂を聞いて――恋模様満開の文化祭編！
あの娘の代わりに
あたしのこと、好きにしていいよ
新作
好きな子の親友に密かに迫られている
土車 甫　イラスト／おれあず
「全部、あたしで解消していいよ」そう抱き着いてくるのは、俺の好きな人――の親友、日向晴。他に好きな人がいるのに、今日も俺は彼女と二人きりの部屋で。一途な初恋と抗えない欲望の間で揺れ動く恋物語開幕。

第30回 スニーカー大賞作品募集中!
大賞300万円
＋コミカライズ確約
金賞100万円 銀賞50万円 特別賞10万円
前期締切 2024年3月末日
締切必達!!!
詳しくは
ザ・スニWEBへ
https://kdq.jp/s-award
世界を変えよう。
きみの紡ぐ
物語で、
イラスト／カカオ・ランタン

LINEやってるよ!
お友達登録してくれた方には
LINEスタンプ風画像プレゼント!
新刊情報などを
いち早くお届け!
イラスト／
三嶋くろね

月刊ニュータイプ
Newtype
THE MOVING PICTURES MAGAZINE
1月号
12月8日金発売
POWER PUSH
陰の実力者になりたくて! 2nd Season
るろうに剣心 -明治剣客浪漫譚-
川越ボーイズ・シング
メタリックルージュ
ブルバスター
オーバーテイク!
ダンジョン飯
etc.
表紙&巻頭特集
ウマ娘
雲雀湯
イラスト／シソ
※内容は予告なく変更になる場合があります
©2023 アニメ「ウマ娘 プリティーダービー Season 3」製作委員会

寝る、という言葉で一瞬あらぬことを考えてしまったものの、続く美桜の言葉で思い直し、すぐさま率先して準備に乗り出す。

座卓を隅に追いやり3人の布団を敷き詰めれば、六畳間はたちまち一面布団の海に早変わり。それを見てうずうずしていた美桜は、「とぅっ！」と言って飛び込みゴロゴロと転がった。

「ったく、何やってんだよ美桜」

「いっやー、童心に返るね、これ！　しょーちゃんとえりちゃんもおいでよ！」

「んっ！」

「英梨花まで⁉」

美桜に続いて飛び込み転がる英梨花。

普段は見せない子供っぽい行動に、思わず皆の口から笑いも転び出て、翔太も2人に倣う。

ひとしきり遊んだ後、そのまま雑魚寝《ざこね》状態で誰からともなく灯りを消す。

「いっやーたまにはこういうのもいいもんだね」

「昔も、こうだった」

「そうだな」

「このまま寝ちゃうのももったいないし、お喋《しゃべ》りしようよ。猥談《わいだん》しようぜ猥談！　雄っぱいっていいよねー」

「雄……？」

「美桜、お前はいきなり何を言って……」

「雄っぱいは雄っぱいだよ。ほら、筋肉を鍛え上げられたキャラの、分厚い胸板！　男臭さの中にあるほのかな色気っていうのかなー？　わっかんないかなー？」

「わかる。案外ぷにっとして弾力ありそうだし、押してみたい。力を入れて硬くなったのも突いてみたい」

「英梨花さん⁉」

「お、わかってくれるかい、えりちゃんや！　俗に胸って二の腕と同じ感触っていうけど、雄っぱいはどうなんだろうね？」

「む、非常に気になる」

「てわけで、しょーちゃんちょっと！」

「うわ、おい、くすぐったいやめろ！」

翔太がいきなりの突拍子もない言葉に困惑していると、どうしたわけか意気投合し出す美桜と英梨花。

一方的なスキンシップの憂き目に遭《あ》わされた後も、オネショタでショタに主導権を渡すんじゃねぇ！　とか、百合《ゆり》の間に挟まっても許される男がいるだとか、そんなディープな話題で盛り上がる。意外なことに英梨花もそうしたことに造詣《ぞうけい》が深く、いつもより饒舌《じょうぜつ》に話していた。どうやらすっかり壁も取り払われたようだった。

やがて話す言葉も途切れ途切れになったかと思うと、ぐぅすぴ、くぅくぅと規則正しい吐息が聞こえてくる。どうやらはしゃぎ疲れて電池が切れ、寝落ちしてしまったらしい。

翔太も苦笑しつつ、２人と同じく夢の世界に旅立——とうとするものの、旨《うま》くいかなかった。

それはそうだろう。翔太だって若くて健康な男子なのだ。いかに妹や幼馴染と言えど、見目麗しく魅力的になった年頃の少女２人がすぐ間近で無防備な姿を晒《さら》していれば、気にならないわけがない。

（……くっそ）

なんだか妙に寝付けないことが、自分だけ意識しているようで悔しくて、彼女たちから距離を取るようにして背中を向ける。

強引に目を瞑《つぶ》り、何も考えないようにするものの、鋭敏になってる感覚が様々なものを捉《とら》えてしまう。

時折聞こえてくる寝返りを打つ衣擦れの音や、悩まし気にも聞こえる口から漏れる寝息。普段は決して見せない姿が、胸を騒めかす。心なしか、どこか部屋にも彼女たちの甘ったるい匂いが漂っている気もする。

悶々《もんもん》としたものが蓄積される中、「はぁ」とため息を吐き、水でも飲もうと思い身を起こそうと思った瞬間、コテンと背中に何かが押し付けられた。

「……にぃに」

英梨花だった。首を回して見てみると、英梨花が背中に甘えるようにおでこをぶつけ、縋《すが》りつくかのようにキュッとシャツを摑《つか》んでいる。まるで、どこにも行くなと縋るように。

ふいに先ほど、美桜と楽しくはしゃいでいた姿を思い返す。

あぁ、英梨花と離れ離れになってしまったが、自分には美桜がいた。美桜が居たから、この髪の色で色々言われることがあっても、寂しいと思うことはなかった。運が、巡り合わせが良かったのだ。翻って英梨花はどうだったのだろうか？

そのことを想像してみると、キュッと胸が締め付けられる。

すると途端に、不埒《ふらち》な情欲に滲《にじ》んでいたこの胸の内に恥ずかしさを覚えると共に、慈しむ心が生まれていく。

「ここにいる。どこにも行かないよ」

そう言ってくしゃりと妹の頭を撫《な》でる。

英梨花は「ん」と小さく、しかし嬉《うれ》しそうな声を零し、翔太も釣られて笑顔になるのだった。

第7話　あ、そうだ！

春眠暁を覚えず、とはよく言ったもの。

昼間はすっかり暖かくなってきているが、4月の夜は冷え込むことも多く、朝はことさら布団から離れ辛い。

いつもの時間ギリギリまで布団に包《くる》まり、やっとのことで這《は》い出た翔太《しょうた》は、少し肌寒い空気にぶるりと身を震わせ、欠伸《あくび》を噛《か》み殺《ころ》しながらリビングに顔を出す。

「くぁ……おはよ」

「おはよーしょーちゃん。今、朝ご飯作ってるから、もーちょっと待っててねーっと」

翔太はキッチンの前にいる幼馴染を見て、訝《いぶか》し気に眉《まゆ》を寄せる。

美桜《みお》はジュッと油の跳ねるフライパンの前で、せっせと髪を梳《と》かしていた。かと思えば、菜箸《さいばし》でハムをひっくり返して卵を割り入れ、また髪を梳かし、頃合いを見て蓋《ふた》をして蒸し焼きに。朝ご飯を作りながら、自分の髪とも悪戦苦闘。

朝の時間は貴重だというのはわかるが、どっちかにしろよと言いたくなる姿だった。

「その髪、手間かかるなら元に戻したら？」

「んー、正直それも考えたんだけどね。……まぁ、うん、そのちょっと思うところがありまして」

「…………あっそ」

美桜が顔に影を落とし困った風に言えば、翔太もそれ以上何も言えなくなってしまう。

沈黙と共に少し神妙な空気が流れる。

翔太はそれを払拭《ふっしょく》すべく、努めておどけた声を意識して言った。

「朝メシに髪の毛入れるなよ」

「んー、その時は食物繊維だと思って？」

「思えるか！」

「あっはっは、まぁ気を付けるよぅ」

「……ったく」

美桜も先ほどの雰囲気を吹き飛ばすよう、ケラケラと笑いながら手を振り、そして壁に掛かった時計を見て「あ！」と声を上げた。

「わ、もう起こすって決めた時間じゃん。えりちゃんまだ寝てるのかな？　しょーちゃんちょっと見てきてよ」

「あいよ」

手が離せない美桜に苦笑で答え、階段を上り英梨花《えりか》の部屋の前へ。

コンコンと何度かノックしてみるものの、反応はない。

「英梨花？　おーい英梨花、起きてるかー？」

ドア越しに話しかけてみるも返事はなく、起きてくる気配もない。

翔太は眉間《みけん》に皺《しわ》を寄せる。

先日、一緒に暮らしていくためのいくつかのルールを取り決めたばかりだ。

それらのおかげでここのところ、アクシデントは避けられている。今朝のように、規定の時間に起きてこないと誰かが起こしに行くというのもその中の1つだ。ならばルール通り、部屋に入って起こした方がいいだろう。

はぁ、と内心ため息を1つ。形式上の妹である女の子の部屋へ許可なく入るということに、やはり気まずさを感じるのも事実。

とはいえ、このまま立ち尽くしているわけにもいかないだろう。何かを観念したかのように、ガリガリと頭を掻《か》く。

「英梨花、起きないのなら入るぞー」

最後にもう一度ノックしながら声を掛け、無反応の数拍の間を置き、ガチャリとドアを押して足を踏み入れた。相変わらず整頓《せいとん》されているというより極端に物が少ないだけの部屋は、甘い女の子の、英梨花の匂いで包まれており、壁には制服が掛けられている。

ルールに則ってのこととはいえ、本人の許しなくプライベート空間を侵すことに、ちょっとした罪悪感やら背徳感からドキリと鼓動が速くなる。部屋の主が無防備に寝ているから、なおさら。

　翔太はなるべく平静を心掛け、ベッドで丸まり布団から後頭部だけ見せている英梨花の下《もと》へ。ごくりと喉《のど》を鳴らす。一瞬の躊躇《ためら》いの後、布団越しに優しく肩を揺らしながら、遠慮がちに囁《ささや》く。

「英梨花、起きろ朝だぞ、英梨花」

「ん……う……」

　英梨花はごろりと寝返りを打ち、もぞもぞと動いたかと思うと、むくりと上半身を起こして焦点の合わない寝惚《ねぼ》け眼を向けてくる。その顔は普段の凛《りん》としたものとは違い、ふにゃりと蕩《とろ》け油断しきった隙だらけのもの。ここ最近、見せるようになった顔だ。

　とはいえ、あられもない姿というのも事実、あまり見られたくないものだろうと思い、翔太は慌てて目を逸らす。

「あーその、早く下り――」

「……にぃに」

「――っ!?」

　声を掛けて立ち去ろうとしたところで、ふいに袖《そで》をくいっと引かれた。不意打ちのように昔のような舌足らずな口調で呼ばれれば、頭の中が真っ白になって固まってしまう。

その英梨花はといえば、しばらくボ～っとしていたかと思うと、袖を摑んだ腕にこてんとおでこを押し付けてくる。

「え、英梨花……？」

突然、甘えるような行動をとる英梨花。

驚きまごついていると、やがてすぅすぅと規則正しい寝息が聞こえてくる。

自分に気を許し無防備な姿を晒している妹に、頰を緩ませる翔太。

このまま寝かせてあげたい衝動に駆られるも、そうはいかない。

「英梨花、起きてくれ」

「うぅ～……」

「……ったく」

気を取り直して今度は先ほどよりも強く肩を揺さぶれば、眠たいトロンとした目を薄く開き、ぐずり声。思わず苦笑を零す。

いつもと違い、こうした英梨花も新鮮だなと思い見つめることしばし。トントンと、もう一度軽く肩を叩《たた》く。

「英梨花」

「………兄さん？」

やがて意識がはっきりしてきたのか、何度か目を瞬かせ、瞳《ひとみ》に翔太の姿を映していく。

「おはよう、英梨花」

「…………っ！」

すると英梨花はビクリと肩を跳ねさせたかと思うと、それまでとは打って変わって俊敏な動きでガバッと布団をかぶり込む。

「英梨花、さん……？」

突然の行動に驚き、敬語になってしまう翔太。

布団がもぞもぞと動いたかと思うと、中から恥ずかしそうなか細い声が聞こえてきた。

「あのその顔、寝起き、だらしなくて、さすがに兄さんに見られるの、ちょっと恥ずかしい。えっと、もう起きたから、大丈夫。準備して下りていく」

「あー…………うん、そっか」

少し慌てた声色で、羞恥《しゅうち》を誤魔化すように矢継ぎ早に喋《しゃべ》る英梨花。やはり、寝起きの顔は見られたくないらしい。

翔太は申し訳なさそうに謝りつつ、早く外に出ようとドアに手を掛けたところで、ふと思ったことを聞いてみた。

「その、これからこういう時は美桜にするって決めるか？　その、女の子同士の方がまだいいというか……」

こうした些細《ささい》なことの擦り合わせをするためのルール作りなのだから。

しかし一呼吸の間を置いて返ってきた言葉は、意外なものだった。

「……………別に兄さんで……兄さんがいい」

「そ、そうか」

「兄さんの、バカ……」

「っ」

最後の拗《す》ねたような呟《つぶや》きが、廊下に出てもやけに耳に残り、翔太の胸を掻き乱すのだった。


今朝は寝惚けた英梨花とひと悶着《もんちゃく》あったものの、新生活にも随分慣れてきた。

それは高校生活にも言え、そして他の皆も同じなのだろう。

休み時間の教室を見回せば、もはやそこに初々しくも余所余所しい空気はない。

そこかしこで新しく出来た友人同士のグループで、昨日うちで飼っている猫が云々、話題になっている配信者を見てみたら嵌《はま》ってしまってどうこう、駅前の春限定新作スイーツを食べに行かなきゃ等々。そうした他愛ない話で盛り上がっている。

また交流の輪を広げようとして、そのストラップのキャラ好きだとか、そのライブ配信自分も見たよだとか、共通の話題を見つけるなり積極的に話しかける人も多い。

そうした日常を眺めていると、美桜から「うげっ」という声が上がった。

「どうした、美桜？」

「そのですね、鞄《かばん》の中でヘアピンがひっくり返っちゃって……ほら」

「うわ、これはひどい。美桜って雑なところあるからなぁ」

「あ～、たまにやっちゃうよね、それ」

「オレもこないだ、筆箱閉め忘れて鞄の中がえらいことになっちゃったよ」

「コンビニで買ってきたパンとかぺしゃんこにしたことあるぜ」

「五條《ごじょう》って、そういうところ抜けてるよな」

「ううぅ～、片付けるのめんどくさいから、いっそこのままでもいいかなと思う自分がいる……」

「はは、ウケる」

「何なら手伝ってやろうか？」

美桜はノリがよく竹を割ったようなサバサバとした性格で話しかけやすいらしく、今も話題を提供すればあっという間に人が集まり、弄られる。翔太もわざわざその中へと戻っていくのが躊躇われるほどの盛況ぶり。肩を竦《すく》め、一歩下がってその様子を見やる。

ここのところすっかりお馴染《なじ》みの光景だった。

それだけなら、中学時代もよくあることだった。

しかし今の美桜は幼馴染《おさななじみ》の欲目を抜きにしても、ふわふわと可愛らしい美少女だ。そんな見た目であけすけな物言いと近い距離感で接せられれば、色々と勘違いしようというもの。翔太もここ最近、思い知らされている。

「………」


最近やけにこうした時は胸がざわつき、イヤな予感がした。

問題はそれだけじゃない。英梨花の方へと視線を向けてみる。

今も自分の席で1人、スマホをいじりながら誰も寄せ付けないオーラを発している。

美桜とは対照的だった。

厳密に言えば一応、先ほど英梨花に話しかける人はいた。スマホの画面が見えたのか、「葛城《かつらぎ》さんもそのゲームやってるんだ？」と話しかけられていたのだが、すぐさまスマホを手繰り寄せ英梨花から冷たい瞳でジッと見つめられれば、彼もたじろぎ「か、勝手に見て悪かった……っ」と言って退散するしかないだろう。

翔太にはただ恥ずかしがっているだけというのがわかるのだが、それを付き合いの浅いクラスメイトに分かれというのは酷というもの。

最近の英梨花は、家ではよく話すようになってくれたものの、学校では相変わらず孤高の人というか、ぼっちになってしまっていた。先ほどのようなことも多い。今後の学校生活を思えば、何かと頭が痛い。英梨花自身はあまり気にしていないのが幸いか。

翔太が渋面を作っていると、ポンと肩を叩かれた。

「よっ、何変な顔をしてんだ、翔太？」

「和真《かずま》。あーいや、特に何も……」

「五條が取られて面白くねー、って顔に書いてあるぞ」

「うるせーって」

「にひひっ」

微妙に図星を指される形になった翔太がジロりと睨《にら》みつければ、和真は怖い怖いとばかりに両手を軽く上げる。

美桜の方へと目を戻してみれば、笑顔を振りまきながら弄ってきた男子にツッコミをいれるかのようにボディタッチ。翔太はそれを見て「はぁ」、とあからさまな大きなため息を1つ。

話のついでとばかりにこの古くからの友人に、懸念を吐き出すことにした。

「何ていうかさ、美桜のやつって女子としての慎みが欠けているというか、隙が多いんだよ。そのうちそれを変に受け取られて、厄介なことにならなきゃいいんだが」

「あー……それ、なぁ……」

「……和真？」

するとなんとも歯切れの悪い言葉を返される。何か含みがある困ったような表情になる和真。

翔太が訝《いぶか》しむ顔を向けるも、ぽりぽりと人差し指で頰を掻《か》くのみ。ジト目を向けていると、やがて和真は観念したとばかりにふぅ、と息を吐き出し、重々しく口を開く。

「既に厄介になっているかもだな」

「どういうことだ？」

「ガチで狙ってる、っていう話はよく聞く」

「………………は？」

あり得そうな話だった。だけど、心は咄嗟《とっさ》にそれを認めないとばかりに拒否をした。

和真はそんな翔太の心境など慮らず、言葉を続ける。

「オレ以外の同じ中学のやつとか、頻繁に五條のこと聞かれてるし」

「マジかよ。俺、聞かれたことないぞ」

「そりゃ、翔太は五條に一番近いところにいる男子だからな。いつも一緒に登校しているし、さっきだって真っ先に話しかけられていただろ。ライバル視、嫉妬《しっと》っていうの？　直接聞かれることはないだろうよ」

「……なんだよ、それ」

今まで美桜はこうした色恋沙汰《ざた》とは無縁のところに居たのだ。

だから和真からそう告げられても今一つ実感がわかず、胡散臭《うさんくさ》い顔になるのだった。

授業を挟み、次の休み時間になった。

お昼前最後の科目は家庭科、第一被服室での裁縫実習。

その際の席は自由で、グループ席になるということもあり、教室のあちこちでは仲の良い友人同士で集まってきゃいきゃいと騒いでいる。

ある種のイベントじみていた。事実、皆も退屈な普通の授業と違ってレクリエーションのように捉《とら》えているのだろう。翔太だって、そうだ。

美桜はといえば、早速皆から群がられていた。

「五條さん、グループ組みましょ！」

「美桜っち、裁縫もメチャ得意だったよね！」

「うち、ああいう細々した作業が苦手でさー」

「あっはっは、どーんと任せなさい！」

話しかけているのは美桜が家事全般をこなすことを知っている、同じ中学の女子たち。大変だなと思っていると、ふいに美桜と目があった。

美桜はごめんとばかりに片手を上げ、翔太も気にするなと苦笑を返す。

一方英梨花はといえば、この特別な機会《イベント》が好機とばかりに声を掛けられていた。

「ねね、葛城さんは家庭科得意なの？」

「どうせなら一緒にやらない？」

「あぅ……」

普段は素っ気ない様子だが、この機に距離を詰めたい人も多いらしく、今回ばかりはいつもの塩対応にもかかわらず食い下がられている。

まぁ彼女たちの気持ちもわかる。純粋に仲良くなりたいだとか、容姿や学業的に一目置かれている英梨花に近付きたい打算もあるのだろう。

その英梨花も言葉を濁すだけで明確には断らないのだから、勧誘にも熱が籠《こも》るというもの。今後の英梨花の交友関係を考えると、ここで彼女たちと一緒になった方がいいのだろう。

しかし、この妹の不器用さは思い知ったばかり。翔太は苦笑と共に、英梨花と彼女たちの間へと身を滑らせた。

「すまん、妹と先約があって」

同じ中学のクラスメイトたちから、翔太と英梨花は再会したばかりだという情報が何となく流れている。兄妹《きょうだい》の旧交を温めるためにと言われれば、彼女たちも弱い。

英梨花もくいっと制服の袖《そで》を摑《つか》んでくれれば、彼女たちも残念そうに引き下がっていく。

「っと、話が前後したが、家庭科、一緒にやるか？」

「ん」

翔太がそう訊《たず》ねれば、英梨花は安心したように目尻《めじり》を下げてコクリと頷《うなず》く。翔太も釣られて頬を緩める。

相変わらず学校では表情筋があまり仕事をしていないが、こうして頼られるのは悪い気はしない。それに少しばかり、英梨花のこれにも慣れてきた。

そこへ彼女たちの代わりに、和真がひらりと手を振りながらやってくる。

「よーっす、翔太。次の家庭科だけどさ、その、えーっと……」

「うん？」「っ！」

どうやら今度は和真がお誘いに来たようだったが、またも人見知りを発揮した英梨花はビクリと驚き、翔太の背に隠れてしまう。

なんとも困った顔を見合わせる翔太と和真。

「……っと、妹ちゃんのデートを邪魔するのも野暮だわな。それじゃ！」

「っ、何がデートだよ、ったく」

「……デート」

空気を読んだ和真は揶揄《からか》いの言葉を残し、別のグループへ。その後ろ姿を見ながら「はぁ」、とため息。

冗談だと分かっていても、デートという単語は英梨花が本当の妹でないということを意識させられ心臓に悪い。英梨花も摑んでいた翔太の制服をぎゅっと強く握りしめる。

なんとも妙になりそうな空気を振り払うかのように頭《かぶり》を振って、翔太は努めて軽い言葉を英梨花に投げた。

「俺たちも行こうか」

「んっ」


本日家庭科の裁縫実習の内容は、エコバッグ作りだった。

ミシンを使わず手縫いなのは、基礎的な縫製技術を改めて学ぶため、らしい。

なるほど、確かに作り自体はシンプルだ。だがしつけ、本返し、半返し、纏り縫いにボタン付けなどなど、どういう縫い方が各所で最適かを確認するには打ってつけだろう。

小さい頃から母と二人暮らしだった翔太は、調理こそ不得意なものの身の回りのことは大抵自分でやってきた。こうしたことは得意と言い切れるわけじゃないが、慣れもあってそれなりにそつなくこなす。

「よし、っと」

多くのクラスメイトたちが慣れない作業で苦戦している中、翔太はかなり早い時間で完成させた。出来は、まぁ特筆すべきところもなく、可もなく不可もなくといった無難なところだろう。

一方隣の英梨花はお世辞にも上手いとは言えなかった。針を扱いなれていないのは一目《いちもく》瞭然《りょうぜん》。ちくちく指先を刺すだけでなく、糸通し器の金具が外れたり、縫っている最中に糸が絡まり布地に引っかけてしまったり、縫い終わり玉止めを遠くに作ってしまい用をなさなくなってしまったり。

翔太が「ゲームのコントローラー捌《さば》きは器用なのにな」と茶々を入れれば、「むぅ」と唇を尖《とが》らせジト目を向けられる。

そんなやりとりをしつつ、翔太の手伝いもあり、英梨花は自分のエコバッグを完成させた。なんだかんだ縫い目も一定間隔で綺麗に仕上がっており、ちょこんとつけられた赤茶トラの猫のワッペンが生地の色とも相まって、可愛らしいアクセントになっている。

翔太も思わず「ほぅ」と感嘆の声を漏らすほどよくできていた。英梨花自身も心なしか誇らしげにその薄い胸を張っている。

「いい出来だな。猫、好きなのか？」

「……この猫、兄さんにもらったキーホルダーに似てたから」

「っ、そ、そうか」

英梨花から気恥ずかしそうにそんなことを不意打ちで言われれば、照れてしまう。

互いにチラチラと視線を交わし合い、少しばかりむず痒《がゆ》い空気が流れる中、周囲を見回してみた。こうした実技は翔太と英梨花のように、普段から針を扱い慣れているかどうか、手先が器用かどうかで、作業の進捗《しんちょく》に露骨に差が出るというもの。第一被服室のあちらこちらでは互いに教えあっていたりと、和気藹々《わきあいあい》とした空気が展開されている。

その中でも、人一倍ちょこまかと各所を飛び回る女子が1人。言うまでもなく美桜だ。

そこかしこから「五條さん、ここどうするの？」「美桜っちヘルプ～」「五條、なんか旨《うま》くいかないんだけど……」という声がひっきりなしに上がる。美桜自身も頼られるのは満更でもなく、水を得た魚状態。

「……みーちゃん、すごい」

「美桜のやつお節介なところあるからな。中学の時とか、オカンとか言われてたよ」

「ふふっ、そうかも」

翔太がおどけたように言えば、英梨花もくすりと相好を崩す。

だが翔太の顔は穏やかなものではない。明らかに下心から美桜を呼ぶ男子たちもおり、眉《まゆ》を顰《ひそ》める。しかし美桜は嬉々《きき》として皆に説明を続けている。

「閂《かんぬき》止めは端っこの方とか、負荷がかかって壊れやすいところでやるの。まつり縫いは糸が目立たないのが特徴的でね、スカートの裾《すそ》上げとかにもつかえるんだから。ほら、あたしも自分でやったし！」

そう言って美桜はあっけらかんとした様子でスカートをちらりと捲《まく》って、該当箇所を見せる。周囲もにわかに騒めく。

本人にその気はないとしても、元から短い丈ということもあって際どいところまで見えてしまい、翔太も思わず「あのバカ」と独り言つ。英梨花もわずかにしかめっ面。教えてもらっていた女子生徒も「ちょっと美桜ってば！」と驚き、すかさずスカートの裾を下ろさせ注意する。

家庭科教師も頭を抱えコホンと咳払《せきばら》いをすれば、さすがの美桜も今のはやばいと察したのか、「う、すみません……」と言って席に戻って背を縮こます。

すると周囲から、くすくすと笑い声が上がった。

その際に目が合えば、てへっと舌先を見せてくる。翔太が調子のいい奴、と痛むこめかみに手を当てていると、隣から「……ぁ」という声が漏れた。

「英梨花？」

どうしたことかと英梨花へ顔を向ければ、しばらく何か思案顔をした後、「……ん」と言って頭《かぶり》を振るのみ。

ここまであからさまに何かあるという態度を取られれば、気になるというもの。

しかし、どう聞いていいかもわからない。「むぅ」と唸《うな》り声を上げ見つめていると、やがて英梨花も観念したのか、目を逸らし美桜の周囲を眺めつつ、ポツリと呟《つぶや》く。

「……何か、胸騒ぎ」

「……うーん？」

翔太も釣られて視線を走らせるも、いつも通りに見えよくわからない。

どういうことだと再度英梨花に目を向けるも、眉を寄せ曖昧《あいまい》な笑みを浮かべ、「多分、気のせい」と言葉を零すのみ。

結局よくわからないが、英梨花的に美桜の周囲に何か思うところがあったのだろう。

確かに、何か起こってもおかしくない空気を感じるのも確か。英梨花が葛城家にやってきた初日、郡山《こおりやま》モールでナンパされていた時のことを思い返す。あんなことはクラス内でそうそう無いとは思うものの、何が起こるかはわからない。こちらの方でも気を配っておいた方がいいだろう。

しかしそう思った矢先の授業終了後、事件が起こってしまった。

「五條さんっ、ちょっといいかな……?」

「っ、北村《きたむら》くん?」

チャイムが鳴るや否や、大きな声と共に購買へと駆け出そうとした美桜の手を摑む者がいた。

北村と呼ばれた男子は、やけに端整なその顔をくしゃりと歪《ゆが》ませる。そして胡乱《うろん》気な瞳《ひとみ》を向けてくれれば、さしもの美桜もたじろいでしまうというもの。あまり愉快とは言い難い空気を醸し出されていれば、なおさら。

必然、皆の注目を集めることになる。

北村はスラリと背が高く、身体も引き締まり短く刈り込まれた髪の爽《さわ》やかな印象の男子生徒だ。ちょくちょく女子生徒の間で噂にされているのも知っている。生真面目な性格で、あまりはしゃぐタイプではない。ある意味、美桜とは正反対だろう。当然、美桜とはあまり絡んでいなかった。否、数学がどうこうと美桜が絡んでも、微妙な反応をしていたのを覚えている。

英梨花は苦言を呈されるのかと思い、頬を引き攣らす。

北村はといえば、やけに真剣味を帯びた顔をしていた。周囲の空気も彼に引き摺《ず》られる形でひりついていく。

そんな一触即発の空気を、固唾《かたず》を呑《の》んで見守られる中、北村は口を開いた。

「五條さん、ああいうことは控えた方がいいと思う」

「で、デスヨネー」

「さっきだってかなり際どい感じになってたし、風紀的にもよくないし」

「あ、あはは……気を付けているんだけど身に染みちゃってるのか中々。こう、お目汚しをしちゃってゴメンナサイ」

「お目汚しとかじゃないんだ。その……なんていうか耐えられなくて……」

「うっ、重ね重ね変なものを見せちゃって……」

「っ！　そ、そうじゃないっ！」

「へ？」

「あー、その、えっと……」

最初は叱責をするかのような鋭く重い物言いだった北村だが、どうしたわけかどんどん言い辛そうに口籠っていく。

その変化に周囲も戸惑いの空気に塗り替えられ、翔太と英梨花も首を捻《ひね》る。

当惑した美桜もどうしたのと小首を傾げながら顔を覗《のぞ》き込めば、北村はバネで弾かれたかのように仰け反り、またもこの場の空気を変化させる爆弾を落とした。

「す、好きなんだ！　五條さんのことがっ！」

「…………え？」

「好きだから、その、他の奴にそういう姿を見られてるかと思うと、耐えられなくて……だから、えっと、よかったら僕と付き合ってくださいっ！」

そう告げられた美桜、翔太に英梨花、周囲の皆も、唖然《あぜん》として口を開けることしばし。

何が起きたのか理解が及ぶと共に、「「「ええええええ～っ⁉」」」という、窓が震えるくらいの喚声が上がった。

「これ、ドッキリとかでなく⁉」「北村くん、そんな素振りとか全然なかったよね⁉」「五條さんどうするの⁉」「マジかよ、北村」「くそっ、オレも五條狙ってたのに！」「どうして五條さんに⁉」「北村くん、人気あるのに！」「まぁ確かに五條って顔はいいけど」「やっぱ顔かぁ」「北村って確かバスケ部入ってすぐレギュラーだったよな」「中学時代、有名な選手だったとか」「くっ、北村なら仕方ないか」

「え、あ、いやその、えっと……」

突然の告白に大いに盛り上がり、好き勝手に騒めき合うクラスメイトたち。

北村は冗談でもこういうことを言う人柄ではない。現に今も返事を待つ姿は、思わず勢いで言ってしまったとはいえ、真剣そのもの。それが分からない人はいない。周囲の空気が、美桜がどう反応するのかという期待へと変わっていく。

「ご、ごめんなさいっ！」

美桜は大声で拒絶の言葉を叫ぶと、驚く彼らを置き去りに第一被服室を飛び出す。

翔太はただ、目の前で起こったことが信じられないとその場に立ち尽くすのだった。


その日、家に帰ってからの美桜はどこか上の空だった。

あんな公開告白なんてされたら、動揺してしまうのも仕方がないだろう。しかもアレは知る限り、美桜にとっての初めての告白だ。翔太だって動揺している自覚がある。

夕食は美桜曰《いわ》く自称手抜きカレーだった。そこは長年染み付いた習慣のおかげでいつも通りおいしかったものの、ボーッとして鍋《なべ》を焦がしてしまったらしい。

こんな時、何か気の利いた言葉を掛けられればいいのだが、こういった手合いは翔太も不慣れなので、なんて言っていいのかわからない。また、美桜自身もあまり話をする気分じゃないのか、食べ終えたら早々に自分の部屋に戻ってしまっている。

　手をこまねく翔太は、同じような経験がありそうな英梨花を自室に招き、訊《たず》ねてみた。

「うーん、私が初めて告白されたのは放課後の教室、相手はカースト上位のいかにもな俺様系の人だったなぁ。いかにもイケてる自分に根暗女子が断るはずがないって根拠のない自信が透けて見えてててさ、『ゴメン、無理』って断ったら唖然としてたのを覚えてるよ。で、次の日は『あのブス、別に好きじゃないし、真に受けてさ』なーんて言いふらしてて。ホント、最悪だったよ」

　英梨花の口ぶりから、当時のことがありありと想像出来た。そしてその時のことを思い出したのか、英梨花はうへぇと嫌な顔をしてため息を吐く。そして翔太の肩にコテンと頭を乗せ、ぐりぐりと押し付けてくる。

　最近この妹の家での甘えっぷりとお喋《しゃべ》り具合は、未だ慣れず苦笑を零す。

「そっか、告白されるってのも大変なんだな」

「なんていうか下心？　そういうの向けられるとわかるんだよねー。みーちゃんその辺、鈍感そう」

「そりゃ先月まで、こんなことになるだなんて全然予想もしてなかったし」

「ま、北村くんは逆恨みするような人じゃないと思うけど。けど、うーん……これから大変なことになるかも」

「大変なことって？」

「ほら、今まで牽制《けんせい》したり探り合ってたところにさ、抜け駆けってわけじゃないけれど行動に移した人がでたわけでしょ？　これからは我先にってなってくるんじゃないかなぁ」

「そうかな？」

　いまいち、美桜がそんな風になる姿が想像出来ず、眉を寄せる。

「ま、最初っからそういう話が起こりそうなところと距離を置くのが一番だね」

「なるほど、英梨花は敢えてボッチになってると」

「……兄さんの意地悪」

「ははっ」

　翔太の揶揄《からか》いにむくれる英梨花。

　その膨らんだ頬を突きながら、何も起こらなければいいけれどと願うのだった。

◇◆◇

　しかし英梨花の懸念は、運悪く的中してしまった。

　あの日の告白を切っ掛けにして、美桜を取り巻く環境はまたしても一変してしまう。

　皆の前であんなことがあったせいでハードルが下がったのか、はたまた自分ならいけると思ったのか、それとも他の誰かに取られたくないという心理が働いたのか、もしくはただの記念かゲーム感覚なのか、とにかく美桜はよく告白されるようになった。ここのところ連日、よく呼び出されているのを見ている。

それだけでなく、先週末も遊びに誘われウキウキで外出したかと思えば、へとへとになった顔で「そういうつもりじゃなかったのに……」と言っていたのも記憶に新しい。

学校での美桜は、気が付けば姿を消していることが多くなった。

今日も昼休みになるや否や、いつの間にか居なくなっている。翔太は胸の中のモヤりとしたものを吐き出すようにため息を吐くと、くいっと袖《そで》を引かれたことに気付く。

「兄さん？」

「っ、あぁ、お昼か。英梨花は……」

「ん」

翔太が訊ねると、英梨花は今朝登校途中のコンビニで買ったサンドイッチを掲げる。

「なら俺は購買へひとっ走りしてくるか。中庭で待っててくれ」

英梨花はコクりと素直にうなずく。

翔太は財布を摑《つか》み、さていいものが残っていればと思いながら駆け出す。

購買部は相変わらずの激戦区だった。

スタートダッシュに遅れ一番人気のカツサンドは逃したものの、コロッケパンとやきそばパンを無事入手。戦果は上々。

（そういや美桜、結局まだ一度もカツサンドにありつけてないって言ってたっけ……）

ふとそのことを思い返す。しかし、現状だと買いに走るのも難しいだろう。

中庭には樹木や花壇があり、自販機もある。いくつかのベンチや段差に腰掛け、多くの人が思い思いに過ごしている。昼休みの人気スポットだ。

そんな盛況な中でも、英梨花を見つけるのは簡単だった。

あの陽光に煌《きら》めく金糸のような長い髪はよく目立つ。

そしてそれは、彼女の髪と同じ色合いの翔太も同じなのだろう。

こちらに気付いた英梨花はベンチから立ち上がり、とてとてと近寄ってくる。

そのまま座って待っていればいいのにと頬を緩ませるも、どうも様子がおかしい。やけに落ち着きなく、翔太の袖を引く。

「兄さん、こっち」

「英梨花？」

「みーちゃん、見かけてっ」

「っ、美桜がどうかしたのか？」

「わかんない、けど……っ」

英梨花の言葉は相変わらず少なく、要領を得ない。しかし美桜に何か感じるものがあったようだ。

ゾクリと背筋に冷たいものが流れるのを感じる。

それは英梨花も同じのようで、駆け足に近い早足で手を引かれていく。

「っ！」「っ⁉」

校舎の裏手に差し掛かった頃、ちょうど数人の女子グループが角から現れた。

彼女たちのうち何人かは頬に手を当て涙目。他の人が心配そうに声を掛けている。

何か穏やかじゃないことがあったのかと、顔を見合わせる翔太と英梨花。

彼女たちのことを気に掛けつつも、遠巻きにやり過ごし、その奥へ。

果たしてそこには力なく佇《たたず》む美桜の背中があった。

美桜はこちらの足音に気付くなり、試合もかくやという殺気にも似た空気を放つ。驚いた英梨花はビクリと震え、翔太の背に隠れる。

「……なんだ、しょーちゃんとえりちゃんか」

「みー、ちゃん……」

「美桜、それどうしたんだ……？」

「あ、これ？　あー……その、さっきちょっとね」

美桜の左頬は平手打ちをされたのか赤くなっていた。

痛々しそうに目を細める英梨花。翔太も眉《まゆ》を寄せる。

2人の視線を受けた美桜は、曖昧《あいまい》な笑みを浮かべることしばし。

やがて観念したかのように「はぁ」と、大きなため息を吐き、事情を話す。

「なんかね、『私のカレシ取らないで！』、とか言われてさー」

「………………はぁ？」

「ほら、よくあたしの周りに寄ってくる人の中にいたらしくてさ。知るかってーの。で、どんだけ説明しても信じてくれないし。そのうち『男に媚《こ》びすぎ』『高校デビューで調子に乗って』という罵詈雑言《ばりぞうごん》からの、『私のたっくんを返せ！』からの平手打ち！」

「で、しっかりお返ししてあげたと」

「あはは、まぁそんなとこ。てか、たっくんって誰だよぅ」

そこで言われるがままにされるでなく、きっちり反撃するところが美桜らしい。

どうやら呼び出されるのは男子だけではないようだった。

モテることとの弊害というべきだろうか？　しかし徒党を組んでこういうことをしてくるのが現れるというのは、さすがに度が過ぎているだろう。

美桜に、この長い付き合いの幼馴染《おさななじみ》に、何とかしてやりたいという気持ちはある。

しかし何をしていいか、全く思い浮かばなくて。

せめてとばかりに、翔太は重くなりそうな空気を払拭《ふっしょく》すべく、努めて明るい声で茶化すように言う。

「モテる、ってのも大変だな」

「あたし、そんなつもり全然ないんだけどね。言っても聞かない人にはお手上げだよ」

そういって美桜は勘弁してと両手を軽く上げ、そこではたと何か名案とばかりに気付いたのか、その手をパンッと叩《たた》く。

「あ、そうだ！　しょーちゃんがあたしのカレシになってよ」

「は？」「っ⁉」

突然の、告白というにはムードも雰囲気もへったくれもなく、まるで今日の夕飯を訊ねるかのような物言いの提案に、思わず間抜けた声が漏れる。

呆気《あっけ》に取られる空気が流れる中、英梨花は目を信じられないとばかりに大きくし、美桜に訊ねる。

「……みーちゃんって、兄さんのこと、好き、なの……？」

「好っ⁉」

その言葉で美桜は自分の発した言葉の意味を認識したのか、顔を真っ赤に染め上げあたふたと手を振り言い訳を紡ぐ。

「いやほら、カレシといってもフリだよ、フリ！　ほら、あたしにカレシができたってわかったら、こういうめんどいことも起きなくなるんじゃないかなーって」

「あぁ、なるほど。いやでも……」

美桜の言い分には一理ある。偽装カップルによる男避け。それはわかる。

しかし、その時かつての失敗が脳裏を過った。

苦々しい気持ちが胸に沸き起こる。ありていに言えば、自信が無い。

翔太がまごついていると、ふいに美桜が傍にやってきて、耳元に口を寄せて囁《ささや》く。

「(『バッカヤロウ、実の兄妹《きょうだい》だからいいんじゃねーか……』)」

「っ」

ビクリと肩を跳ねさせる翔太。

それは先日、和真に押し付けられたエロ同人誌の台詞《せりふ》。美桜はにんまりといやらしい笑みを浮かべ、視線を英梨花に移し、三日月に歪《ゆが》ませた口を開く。

「(しょーちゃんが妹モノのエロ同人誌を持ってるの、えりちゃんが知ったらどう思うかなー?)」

「てめ、美桜……ッ」

「引き受けてくれるよね、しょーちゃん?」

「うぐっ、…………わかった」

その弱みを出されると、翔太は断れるはずがない。こちらに向けて、きょとんとした目を向けている英梨花を見れば、なおさら。

不承不承に頷《うなず》く翔太に、美桜は満足そうな笑顔を咲かせ、意気揚々と拳《こぶし》を掲げた。

「よーし、じゃあ今日はお祝いにカレーにハンバーグもつけちゃおっかー！」

「……おー」

翔太の気の抜けた声が、校舎裏に虚しく響くのだった。


その日の夜。

リビングでテレビを点けながらスマホを弄っていた翔太は、キッチンで食器を洗い終えた英梨花がお風呂《ふろ》へ向かうのを確認した後、ソファーで寝転びながら漫画を読んでいる美桜に話を切り出した。

「なぁ美桜、良かったのか？」

「ん、何がー？」

「偽装カップルのこと。仮にも俺と付き合うってのを周囲に知らせたらさ、何ていうかその、他に好きな人が出来た時とかに困るんじゃ？」

その質問は、気になっていることというよりも、確認するという意味合いが大きかった。

翔太は何故美桜が家事を積極的にするようになったのかを知っている。また、両親の再婚のこともあり、男女の交際について思うところがあることも。傍でずっと見てきたのだ。

だから、たとえ相手が気心知れた自分とはいえ、カップルを演じることに思うところがあるかもしれない——そう思って聞いてみたのだが、予想に反し明るい声が返ってくる。

「あっは、そんなことあるわけないじゃん。今はまだ、恋愛とかちょっと考えられないかなぁ」

「そっか、ならいいけど」

「てか今さらだけどさ、しょーちゃんの方こそよかったの？　彼女作れなくない？　まぁ他に好きな人が出来たって言ってくれればすぐ別れるよ。あたし、理解ある女だから！」

「言ってろ。それに俺も当分、そういうのはいいかなぁ」

「ま、あんなことあったしね。だからこそ遠慮なくしょーちゃんに頼めたってのもあるし」

「確信犯かよ」

「てへっ☆」

美桜の言葉に、くしゃりと顔を顰《しか》める翔太。

翔太が美桜の事情を知っているように、美桜もまた翔太の苦い失敗を知っている。

――これだから幼馴染ってやつは。

「てわけで改めてよろしくね、しょーちゃん」

「おう、任せとけ」

そう言って互いに苦笑いを浮かべた翔太と美桜は、どちらからともなく握《にぎ》り拳を作ってコツンとぶつけ合った。

第8話 なんだか懐かしいね

偽装カップルをすることになった翌朝、教室の前。

翔太《しょうた》は緊張から「ふぅぅ～」と大きく息を吐く。

「なぁ、本当にそれで入るのか？」

「当然っ、なんたって最初が肝心だからね！　あ、もしかしてしょーちゃんってばビビってる？」

「……そういうんじゃねーよ」

「それともあたしにドキドキしてる？」

「するか、バカ」

そう言って美桜《みお》はニッと揶揄《からか》うような笑みを浮かべ、翔太の腕を組み、抱き寄せる。

いくら仲が良い、幼馴染だといったところで、傍目にはどう見ても近過ぎる距離。これなら一目でただならぬ仲だと思うだろう。

そして必然、密着することになる。美桜の想像以上に柔らかい身体を感じてしまい、悪態とは裏腹にごくりと喉《のど》を鳴らす。

「…………」

「っ！」

背後でその様子を見守っていた英梨花《えりか》からの冷たい視線を感じ取った翔太は、誤魔化すようにコホンと咳払《せきばら》い。

「行くぞ」

「おうさ！」

そして意気込みながら朝の挨拶《あいさつ》と共に教室へ。

「はよーっす」

「おっはよー！」

「おっは――」

「おー――」

「――……」

中に入るなり、いつものように返されるはずの挨拶が止まり、ピシャリと皆の顔が固まると共に、空気が困惑の色へと塗り替えられていく。

遠巻き気味に見ているクラスメイトたちも、そこかしこであれは何？　どういうこと？といった疑問を囁きあう。

想定外の反応に頬を引き攣らせる翔太と美桜。

「（おい、なんか思ってたのと違うんだが⁉）」

「（あ、あたしも戸惑ってる！）」

「（ど、どうするよ？）」

「（ん～～～～、プランBで！）」

「（B以前にAもないだろ！）」

「（えへっ！）」

顔を寄せ、ああだこうだといい合っていると、1人「んんっ」と喉を鳴らしやって来る者がいる。和真《かずま》だった。和真はなんとも訝《いぶか》しむ表情で、恐る恐る訊《たず》ねる。

「なぁ、翔太に五條《ごじょう》。それ、何かの遊び？　それとも罰ゲームか何かか？」

「……ぷふっ」

「長龍《ながたつ》くん⁉　って、しょーちゃんも笑うな！」

「いでっ⁉　……いやだってさ、俺も和真の立場だったらそう思――いぃいっ⁉　おい、それマジで痛いから！」

「ぐぎぎ……っ」

そんないつも通りなやり取りに和真も肩を竦《すく》め、周囲からも笑い声が上がる。

幾分か緩んだ空気の中、和真が再度、問い直す。

「で、それどういうつもりなんだ？」

「あー……これは、だな」

「あたしたち、付き合うことになったから！」

「…………へ？」

なんだかんだ気恥ずかしさから口籠《ごも》った翔太とは裏腹に、美桜はあっけらかんと答える。まるで昨日夜更かししてお菓子食べちゃったとか、登校途中に猫を見かけたという風に、さらりと事も無げに。

その言葉の意味がよく呑《の》み込めず、ぽかんと口を開けて目をぱちくりさせる和真。周囲にも啞然《あぜん》とした空気が流れている。

気持ちはわかる。翔太ももう少し情緒というか雰囲気というか、言い方があるだろうと痛む額に手を当て、まぁしかしこれはこれで美桜らしいと、観念したような声色で言う。

「そうだよ。美桜と付き合うことになったんだ」

「付き合うって、五條とその、いわゆる彼氏彼女の関係ってやつに？」

「あぁ」

「……マジか」

「そうそう！　だからこうしてラブラブアピールしてる……はず？」

「おい、そこで疑問形になるなよ！」

「ふひひっ！」

そんな風に翔太と美桜がじゃれ合っていると、皆も事態を把握したのか、それぞれどよめきだし様々な言葉が飛び交う。「だよなー」「え、本当に？」「まぁ五條と葛城《かつらぎ》、昔から仲良かったし」「むしろやっと？」「五條、狙ってたのに」「むしろ、美桜の方が狙ってやってた⁉」「え、それすごく萌《も》えるんだけど！」「…………うそだ」などなど。

その内容は同じ中学だった人たちを中心に、さもありなんとばかりに言われ、しかしスルリと受け入れられていく。

身構えていた特に大きな反発もなく、ホッとしていると和真と目が合った。

「……そういうことだから」

「ま、お似合いだよ」

「……ははっ」

祝福の言葉を掛けてくれる昔からの友人にウソをついていることからチクリと胸が痛み、乾いた笑みと共に目を逸らす。

「…………」

するとその先には釈然としないと言いたげな、表情の読みづらい英梨花の顔。

翔太は気まずい苦笑いを浮かべた。

翔太と美桜の噂は、元から美桜が注目を集めていたこともあり、その日のうちにあっという間に駆け抜けていく。

美桜の狙い通り効果覿面《てきめん》、今日は一日、男子から声を掛けられることはなかった。

それも当然か。彼氏持ちの女子に下心を出して話しかけるだなんて風聞が広がれば、今後3年間の学校生活に支障が出るのは想像に難くない。

放課後、一緒に教室を出た美桜は解放感から、ぐぐーっと大きく伸びをして晴れ晴れと言う。

「いっやー、見事に目論見通りだったね！　さっきもカレシと一緒に帰るって言ったら一発だったし！」

「ちょっと呆気《あっけ》ないというか、拍子抜けなとこあるけどな。もっと騒がれるかと思った」

「果たしてそうかな？」

「どういう意味だ？」

美桜はスッと虹彩《こうさい》の消えた目を細め、スマホの画面を向けてくる。

そこに映るのは、美桜と仲の良い女子たちとのグループチャット。《どっちから告ったの!?》《きっかけは!?》《いつから意識した!?》といった、問い詰める言葉が躍っている。

美桜は「はぁ」と息を吐き、遠くを見つめながら呟《つぶや》く。

「いやー、正直女子の恋バナ好きを舐《な》めてましたね……今日一日ひっきりなしに問い詰め

「……《美桜を他の奴に取られたくないんだ！　そう言ってしょーちゃんはあたしがどういう意味かを聞き返そうとすると、唇を唇で塞《ふさ》いで……そしていきなりのキスで驚くあたしをソファーに押し倒し、切羽詰まった顔で迫ってきたんだ。摑《つか》まれてビクともしない手にしょーちゃんが男であたしは女なんだって嫌でも意識させられ、俺のモノにするからと言って肥大した思いをあたしの中に——》ってお前、何て返事してんだ⁉」

「いっやー、あまりの質問攻めでついカーッとなってノリで！　最初ネタがネタだと通じなくて焦っちゃったけどね！」

「お、俺は今焦ってるわ！」

「……みーちゃん、昔から調子乗るとこある」

「てへっ。大丈夫、最終的にはいつもの悪ふざけだと分かってくれたから。……多分」

「多分、って……お前な」

これを読んだ女子たちがどういう反応を見せたかと考え、頭を抱える翔太。英梨花もさすがに呆れ顔。

やがて美桜は顎《あご》に指を当て、「うーん」と唸《うな》り声を上げる。

「思ったんだけどさ、一応カップルらしいことをして、アリバイ作った方がいいのかも？　ほら、こういうことでツッコまれた時に、自然な感じで答えられるようにさ」

「そうだな、美桜に好き勝手想像であられもないこと捏造《ねつぞう》されて言われたら堪らんし」

「このあたしへの信頼感っ！」

「で、具体的な案があるのか？」

「ん～、例えば手を繋《つな》いで帰るとか。それもほら、指を絡めるやつ。いわゆる恋人繋ぎ」

「ほぅ。んじゃ、ほれ」

「では失礼して」

そう言って翔太が差し出した左手に、美桜は少し遠慮がちに手を重ねてきた。少しひんやりした指がもじもじと艶《なま》めかしく蠢《うごめ》き、こつんと肩と肩が当たる。1つ1つの指が互いに絡まりあう。服越しで腕を組むのとは違い、素肌が触れ合う面積は多く、想像以上に美桜の存在を意識してしまい息を呑む。

すっぽり収まる手のひらを通じて伝わってくる小ささ、柔らかさ、女の子の手。長年傍に居るものの、ここまで近くに美桜を感じたのは初めてだった。ドキリと胸が跳ね、頬が熱を帯びるのを自覚する。

「これは……思ったよりも凄《すご》いね」

「お、おぅ……」

それは美桜も同じのようで、赤い顔で照れ笑い。

見つめ合い、互いの視線が絡まり、胸を掻《か》き乱す。

「2人とも、仲良しね」

「「っ！」」

そこへ英梨花のげんなりした声が掛けられ、我に返る翔太と美桜。

慌てて距離を取ろうとするものの、ガッチリと繋がれた手のおかげでそうもいかない。

それに、周囲へのアピールも考えれば離してはダメだろう。

「か、帰ろうか！」

「う、うんっ！」

そして2人、ぎこちない様子で駅を目指す。

図らずも初々しいカップルそのものになる翔太たち。

端々から微笑ましい視線が突き刺さり、電車の中では「あたしもカレシほしー」「いい人いないかなー」といった言葉が聞こえてきて、ますます赤面する。

やっとのことで家への最寄り駅に着くや否や、美桜は手を離し早口で言う。

「あ、あたしスーパー寄って帰るから！」

「お、おうっ」

言い終わるや否や、美桜は弾かれたように駆け出していく。

後に残された翔太はしばし繋がれていた手を眺め、「ふぅ」とため息。

「俺たちも帰ろうか」

「ん」

英梨花と肩を並べて家路を歩く。

頭の中は手のひらに残った美桜の熱のせいで、未だぼんやりしており、足取りもふわふわしている。不思議な感覚だった。

だけど悪くないと思ってしまうほど、やられてしまっているらしい。

油断すると美桜のことで思考が埋め尽くされそうになり、してやられた感じがして（あぁ、くそっ！）と、心の中で悪態を吐く。

「……兄さん」

「っ！　と、悪ぃ」

すると背後から、少し鋭い英梨花の声が掛けられる。どうやら考え事をしているうちに、置いてけぼりにしてしまったらしい。

足を止めれば、不満気に頬を膨らませた英梨花が駆け寄り、まじまじと顔を覗《のぞ》き込む。その瞳《ひとみ》は咎《とが》めるような色をしており、思わず後ずさる翔太。

すると英梨花は逃さないとばかりに翔太の右腕を摑まえたかと思えば、先ほど美桜とそうしていたように指を絡ませてくる。

「え、英梨花⁉」

突然の妹の行動に、頭が真っ白になる翔太。

ピタリと肩と肩がくっつく、年頃の兄妹《きょうだい》としては不適切な距離感。

右手から伝わる大きさ、柔らかさ、絡む指の動きに体温。それらは何もかもが美桜と違い、しかしはっきりと異性を感じさせられる。

「確かに、こうすると兄さんがよくわかるね」

そう言って、微かに頬を緩める。心臓が嵐のように騒めき出す。

英梨花の意図が読めず、しかし寄せられた華奢《きゃしゃ》な身体から立ち上る香りにくらりとしてしまい、ギュッと繋がれた手に力が籠《こも》る。

「えっと、何で……っ」

「みーちゃんがしてたから？」

「いや、あれは偽装の……」

「これは偽装じゃないよ」

「いや、そうだけど、なんていうか……」

なんともしどろもどろになってしまう翔太。

するとそんな兄の姿が可笑《おか》しいのか、英梨花はクスりと笑みを漏らし、そして耳元で囁《ささや》く。

「なんだかイケナイことして、慌ててるみたいだね」

「……っ」

翔太はまるで魅入られたように、この手を振り解くことは出来なかった。

わからない。妖《あや》し気に微笑む英梨花は、まさに小悪魔。

果たしてそれは美桜に対してだろうか？　それとも兄妹でしていることに対して？

「あ、あぁ」

「帰ろ、兄さん」


その日の夜、風呂上《ふろあ》がり。

翔太はまだ湿ったままの髪をフェイスタオルでガシガシと拭《ふ》きながらリビングに顔を出し、キッチンで夕飯の残りをプラスチック容器に詰めていた美桜に声を掛ける。

「風呂、空いたぞー」

「あーい」

美桜も丁度区切りがついたのか手を止め、調理台にあった手拭きタオルと共にパタパタと洗面所へと駆けていく。

（……忙しない奴）

翔太は作り置きのお茶を冷蔵庫から取り出し喉《のど》を潤していると、美桜が向かった洗面所からパタパタと音が聞こえてくる。

「見てみて、しょーちゃん！」

「ぶふっ⁉　けほっ、けほけほ……っ、おま、何やってんだよ⁉」

思わず咽《むせ》てしまう翔太。美桜はどうしたわけか、先ほどまで翔太が着ていた部屋着のTシャツを着ていた。

随分とぶかぶかで、一見ダボッとしたワンピースにも見える。しかし袖《そで》から覗く細い二の腕、裾《すそ》から伸びる白い太ももがなんともアンバランス。体格差が目に見えてわかり、自分との違いに思わずドキリとしてしまう。

「何って、彼シャツ？　いっやー、アリバイ作りの為にも一度はやっとかないとね！」

「あ、おいっ！」

美桜がくるりと身を翻せば、ふわりと裾が舞い、際どい部分が見えそうになる。翔太も思わず咎める声を上げ、視線を逸らす。

そしてふひひと笑う美桜が、しみじみと言う。

「ふむ、しかしこれはアレですね。我ながら隙があって自分にだけ見せてくれる感というか、中々にあざとい。だとしたら、ねぇしょーちゃん、こういうのどうかな？」

「っ⁉　ちょ、美桜っ！」

そう言って美桜は後ろで手を組み、上目遣いで顔を覗き込む。

狙ってやってる可愛らしい仕草だとわかっていても、ドキリと胸が跳ねる。

更には体格に合っていない襟口から、無防備にも双丘の膨らみがチラリと見えてしまえば、赤面して後ずさってしまう。

　そのことに気付いているのかいないのか、翔太の反応に気をよくしたのか、美桜はにんまりと悪戯《いたずら》っぽい笑みを浮かべてぐいぐいと迫ってくる。

　オロオロしながらどうすべきか戸惑っていると、声が大きかったのだろう、何事かと思ってやってきた英梨花が冷ややかな声を浴びせかけた。

「何してるの？」

「っ！」

「あー……」

　英梨花はイチャついていると言っても過言ではない翔太と美桜を見て、スッと目を細めて訊《たず》ねる。

「……それ、兄さんの趣味？」

「え、そうなの？」

「っ、違ぇ！」

　自分からやりだしたくせに、しれっととぼけて翔太のせいにする美桜。声を荒らげてツッコめば、てへっと舌先を見せて誤魔化し笑い。英梨花もはぁ、とため息を吐く。

　すると美桜はまぁまぁと手招きするかのように手首を振りながら、宥《なだ》めるように言う。

「ほら、今日ちょっと手を繋いで帰って思ったんだけど、四六時中恋人ムーブは無理かなーって。いつもと変わらない感じのままだとアレだしさ、ちゃんと付き合ってるぜ的な物的証拠を作っておこうと思いまして」

「はぁ、なるほど？」

そんなことを言いつつも、美桜の顔は何か悪戯を思い付いたそれである。昔から散々見てきたものだ。

「ってわけで写真撮らなきゃ！　えりちゃん、はいこれ！」

「え？」

「どんなポーズがいいかなー？」

そう言って英梨花を引っ張り、ソファーの上で一体どこで覚えたのか煽情《せんじょう》的なポーズを取り始める美桜。

唐突に始まる撮影会。英梨花は渡されたスマホで「……ゎ」「……ぁ」と照れた声を上げながらも、パシャパシャと撮っている。しかしなんだかんだ、２人ともノリノリだ。

翔太はこの隙に、これ以上巻き込まれてはたまらないと回れ右。

そして階段に足を掛けたところで、英梨花の素っ頓狂《すとんきょう》な声が聞こえてきた。

「みーちゃん、穿《は》いてないよ!?」

「あ、さすがにパンツ穿いた方がいっすかね？」

「っ!?」

翔太は慌てて駆け上り、自分の部屋へと逃げ込む。扉に背を預け、はぁ、と一息。

下からは英梨花らしからぬ怒号が聞こえてくる。

そりゃそうだろう、と思う。

自分のシャツを着るのはまだいい。

だが下着もなしにだとは、一体何を考えているのやら。

「……何も考えてないんだろうなぁ」

翔太はそう独り言ち、くつくつと肩を揺らす。

どうせ美桜のことだ。この偽装カップルごっこを全力で楽しんでいるのだろう。

困ったやつ、だなんて思っていると、いつしか静かになっていた。

英梨花に風呂場《ふろば》にでも押し込められたのだろうか？　ふぅ、と息を吐く。

さて、漫画なりゲーム、動画で時間を潰《つぶ》そうと机の上に置いていたスマホを手に取ったところで、コンコンと控えめに扉がノックされた。

「英梨花？」

「…………ん」

声を掛けると、少しの間を置いて、遠慮がちな返事が聞こえてくるのみ。それも、学校での時と同じような、控えめで何か躊躇《ためら》っているかのような。どうしたのだろうか？

翔太は疑問に思いつつドアを開け、そして目を大きく見開いた。

「……え？」

「……どう、かな？」

どうしたわけか、英梨花は翔太の制服のカッターシャツを着ていた。

女子の中でも背が高めの英梨花は、美桜と違ってそこまでブカブカというわけでなく、少し大きめといったところ。それでも袖からやっと出るくらいの指先で、もじもじと両手で裾を下にひっぱり恥じらいながら、足の付け根を隠す。

どうして？　一体何が？　思考がぐるぐる空回りつつも、英梨花から目が離せない。

その様子は可愛らしくも艶《なま》めかしく、返事の代わりに息を呑《の》む。

すると英梨花は満足そうに、ふにゃりと頰を緩めた。

「何、で……」

「兄さん、みーちゃんのこと熱心にみてたし、こういうの好きかなって」

「いやそれは……」

「じゃあ嫌い？」

「……」

卑怯《ひきよう》な質問だと思った。年頃の男子なら、大なり小なりこんな際どい格好、反応してしまうだろう。

翔太が凝視していると、その胸の内を見透かしたかのように、英梨花が笑う。

「兄さん、大きいね。ぶかぶかだよ」

「そ、そうか？」

「ん……それに兄さんの匂いがする」

「き、今日一日着てたからな、そんないいもんじゃないだろ」

「ふふ、でもこれ兄さんに包まれてるみたい」

「っ！」

英梨花は両袖《りょうそで》を顔に持ってきて、大きく深呼吸。頬を染めながらそんなことを囁かれれば、胸がぐちゃぐちゃに掻《か》き混ぜられてしまう。

呆《ほう》けたように見つめることしばし。こちらの視線に気付いた英梨花は、一瞬の躊躇いの後、頬を染めながら耳元に口を寄せる。

「さて、私は穿いてるのかいないのか、どっちでしょう？」

「っ、え、英梨花⁉」

「知りたい？」

「いや、そういう問題じゃないだろっ！　そういうのは、えっとほら、その――」

「兄さんはどっちの方が好み？」

「――ッ⁉」

その言葉で頭の中が真っ白になってしまった。

ごくりと喉を鳴らし、ついまじまじと英梨花を見てしまう。

そんな翔太の不躾《ぶしつけ》な視線を受けた英梨花は、涼し気な表情からどんどん羞恥《しゅうち》に頬を赤く染めていく。

「ブーッ、ここで時間切れっ！」

「あ、おい……っ」

そう言って英梨花はくるりと身を翻し、自分の部屋へと戻っていく。

「……なんだよ、もぅ」

後に取り残された翔太は、少しばかり恨めしい声色で呟《つぶや》いた。

◇◆◇

その日、昼休みになるや否や、美桜が意気揚々とした様子でやってきた。手には紙袋。

それを掲げながらドヤ顔で言う。

「じゃじゃん！　なんと今日はお弁当を作ってきました！」

「……おー」

気の抜けた返事と共に、おざなりにパチパチと拍手をする翔太。

サプライズを演出したいというのはわかる。しかし今朝キッチンで作っているところを見ているだけでなく、お弁当があるから購買や食堂にダッシュしないでねと釘《くぎ》を刺されているのだ。反応に困る、というのが正直なところ。

だがそんな翔太のリアクションがお気に召さないのか、美桜はぷくりと頬を膨らませ、拗《す》ねたように言う。

「むぅ、ここはせっかくカワイイカノジョ？　が、お弁当作ってきたんだから、感激のあまり抱きしめ、耳元で『朝はギリギリまで寝ていたのに、わざわざ俺のためにお弁当を作ってくれるとか、俺はなんて幸せ者なんだ……』とか愛を囁《ささや》くところでしょー」

「……いや、それして欲しいか？」

「ん～～～、ごめん無理！　やっぱなしで！」

そう言って美桜がにししと笑みを浮かべれば、翔太も苦笑と共に席を立つ。

周囲もそんないつもの仲睦《なかむつ》まじいやり取りに、微笑ましい目を向けている。

「で、どこで食べる？」

「今日はいい天気だし、中庭かな」

「あいさー」

そして教室を出る前に、２人ともさも当然といった様子で英梨花の下《もと》へ。

「はい、これえりちゃんの分のお弁当ね」

「中庭でいいよな？」

「ん」

声を掛け、連れ立とうとしたところで、横から「待った！」の声を掛けられた。

「待ってまって、葛城ちゃん、今日はうちらと約束してんだよね！」

「そうそう、だから美桜っちたちはお2人でどうぞどうぞ！」

「ほら今、付き合い立ての一番楽しい時期だし！」

「……ぇ、……ぁ」

英梨花は美桜がよく話す友人たちにあっという間に脇を囲まれ、右往左往。強引に他で手招きしているグループへと連行されていけば、きゃあ！　と黄色い声が上がる。

いくつもの質問を浴びせかけられてオロオロしている英梨花を見て、顔を見合わせ、苦笑いを零す翔太と美桜。ちゃっかりその輪へと交ざろうとする和真の姿も見えた。

「うーん、気を遣われちゃったのかな？」

「英梨花と絡むネタにされたようにも見えるが」

「あは、そうかも！」

そんなことを話しながら、相変わらず盛況な中庭へ。

くるりと辺りを見回し、空いている適当なベンチに腰掛け蓋《ふた》を開ければ、まずは鮮やかな黄色が眩《まぶ》しい鶏とたまごのそぼろご飯が目に飛び込んでくる。それからアスパラのベーコン巻きに一口ハンバーグ、キノコのソテーに彩りとしてのブロッコリーとプチトマト。

一目で手が込んでいると分かり、美味《おい》しそうだ。元より美桜は料理を得意としていることを知っているが、それでも思わず「ほぉ」と感嘆の息を漏らす。

しかしそんな翔太とは裏腹に、翔太の弁当を見た美桜は「うげっ」、と乙女らしからぬ声を上げた。

「どうした？」

「いやぁ、渡すお弁当、しょーちゃんとえりちゃんで間違えたみたいでさ」

「え、そうなのか？」

美桜の弁当を見てみれば、翔太と同じもの。小首を傾げる。

「……しょーちゃんに渡そうとしてたのは、鶏そぼろでハートマーク作ってたからさ」

「それは……今頃英梨花のやつ、そのことで色々ツッコミ受けてるかも。あ、でも結果的にアピールになってよかったんじゃゃ？」

「あはっ、そうかも！」

皆に揉《も》みくちゃにされてる英梨花の姿を想像し、顔を見合わせ笑い合う。

英梨花にとっても他の人と交流するいい機会になるだろうと思いつつ、いただきますと手を合わせ、お弁当に口をつける。

少し濃いめに味付けされたお弁当は冷めても美味しく、箸《はし》を動かす手が止まらない。

夢中になって食べていると、またしても隣の美桜から「あ！」と声が上がった。

「美桜？」

「……普通に食べちゃってたけどさ、アレ忘れてたよ、アレ」

「アレ？」

「ほら、これ！　はい、あーん」

「――っ!?」

そう言って美桜は自分の弁当からアスパラのベーコン巻きを摘まみ、こちらに向けてくる。

いきなりのことで頭が真っ白になる翔太。

少し遅れて羞恥が押し寄せ、頬が熱を帯びていくのを自覚する。

はい、あーん。

相手に手ずから食べさせる、今日びアニメやマンガの世界でもなかなかお目に掛かれないバカップルの行為。ふと昔読んだ作品で、雛《ひな》にエサをやる親鳥の気分になるという話を思い返す。

美桜はといえば瞳《ひとみ》をキラキラと輝かせており、ここで退けば何か負けたような気がして、翔太はパクリと差し出されたものを呑み込む。当然、味なんてわからない。

「ね、おいしい？」

「……っ」

嬉々《きき》として感想を聞いてくる美桜への返事の代わりに、翔太は同じくアスパラのベーコン巻きをひょいっと摘まみ上げ、努めて甘い声を作りながら差し向ける。

「はい、あーん」

「っ⁉ え、えーと、しょーちゃん……？」

「はい、あーん」

「うぐっ……」

みるみる顔を茹《ゆ》でダコのように真っ赤に染め上げ、後ずさる美桜。

逃さないとばかりにニコリと、少し意地の悪い笑みを浮かべて詰め寄る翔太。

睨《にら》み合うことしばし。やがて美桜は観念したのか、はむっと頬張る。

「うまいか？」

「……味わってるのは恥ずかしさとか背中のもぞもぞする感覚だよぅ」

「だろ？」

「うぅ、よくこんなこと、世間のカップルは平気でできるねぇ。あたし、しょーちゃん以外だとできる気がしないよぅ」

「っ！ あー、それは、相手以外誰も見てないからじゃない？ 俺たちはほら、見られることを前提にやってるから、どうしても他の人の目が気になってというか」

「んー、そうかも」

ふいにドキリとさせられることを言われ、少しばかり早口になっている自覚はあった。

以前と違ってすっかり可愛らしくなった美桜は、なんてことない風に食べるのを再開している。きっと今までならそんな軽口じみたものに、心を掻き乱されることもなかっただろう。

まるで自分も他の男子と同じように、見た目が変わったからそうなのかと思うと、浅ましさから胸に苦いものが滲《にじ》み、それらを残りの弁当と共に一気に呑《の》み込んだ。

放課後、終業のチャイムが鳴ると同時に、校内は自由への解放を謳《うた》う喧騒《けんそう》に包まれる。

教室のあちらこちらでは、これからどうするかを話し合われている中、美桜の「あちゃー」という困った声が響いた。

「どうした、美桜？」

「今日、郡山《こおりやま》モールの薬局がポイント5倍デーだってのを思い出してさ。シャンプーやら洗剤とかが心もとなくなってたから、補充しときたいなーって」

「ふぅん、そういうこと。なら、行けばいいんじゃ？」

「ま、そういう話なんだけどね」

そんな生活臭漂う美桜らしい言葉に苦笑する翔太。

クラスメイトたちも、なんだそんなことかと微笑ましく口元を緩める。見ようによっては、色っぽい話ではないものの、放課後デートのお誘いにも見えるかもしれない。

しかし美桜は神妙な顔を作ったかと思えばサッと周囲を見回し、皆の興味が他に移ったのを確認して、耳元に口を寄せて囁く。

「買いたいの、しょーちゃん家《ち》で使ってるやつだからさ、どれなのかわかんなくて。詰め替え用のを買って中身違うの、なんかイヤでしょ?」

「あぁ、なるほど。けど銘柄覚えてないなぁ。パッケージ見たらわかるかもだけど」

「よし、なら決まり。帰りは郡山モール寄って帰ろ! おーい、えりちゃーん!」

「………………ぁ」

ポンッ、と手を叩《たた》いた美桜は、パタパタと英梨花の下へと駆け寄る。

いきなり水を向けられた英梨花は、ぱちぱちと目を瞬かせ思案顔。そして周囲に視線を走らせ、わずかに眉《まゆ》を寄せて申し訳なさそうに口を開く。

「ん、遠慮しとく」

「え、何か用事あるの?」

「特に――」

英梨花はそこで一度言葉を区切り、小さく頭《かぶり》を振って言い直す。

「――バイト、探したくて」

「そっかー、それなら仕方ないかー」

「ん」

そう言うなり、英梨花はサッと鞄《かばん》を摑み、教室を後にする。あっという間だった。

美桜も仕方ないなと、残念そうに眉を寄せて「はぁ」、とため息。翔太もまたバイトという単語に思うところがあるものの、適切な言葉が見つからず嘆息する。

「しょうがない、あたしらだけで行こっか」

「おぅ」


郡山モールはこの地域最大の複合商業施設ということもあって、翔太たち以外にも遊びに訪れた多くの制服姿があちこちに見受けられる。

やってくるなりドラッグストアに直行し、目的の品を購入し終えた美桜は、キョロキョロと興味を惹《ひ》くものがないか周囲を見回し、そしてはたと何かに気付いた様子で呟《つぶや》く。

「……これ、いつもと同じだ」

「何が？」

「いやほら、ただ普通に買い物して、冷やかしに行こうとしてるだけだなぁって」

「まったくもって、それ以外の何ものでもないんだが」

「せっかくこう、放課後デートの体になってるんだからさ、何かそれっぽいことしても罰は当たらないんじゃないかなぁって」

「じゃ、本屋でも行く？　それかスポーツショップ……あ、シュークリーム食うか？」

「いいねぇ……って、それいつもと一緒！」

「確かに」

互いに腕を組み、むむむと唸《うな》り合う。

翔太は何かないかと周囲に視線を巡らせ、ある店を見つけ目を細める。そして、牽制《けんせい》とばかりに口をとがらせて言う。

「先に言っておくけど、あぁいう店には行かないからな」

「あぁうん、ランジェリーショップ。あたしもあそこはちょっと……」

「……ほぅ？」

ああいったいかにも男子が入りにくそうな店を見かけたなら美桜のこと、嬉々として飛び込んでいくと思いきや、意外な反応に目を丸くする。

その美桜はといえば、フッと何かを悟ったかのような表情を浮かべ、どこか遠くを見つめながら言う。

「こないだ初めて勝負下着なるものを買ったたって言ったでしょ？　あぁいう店初めてでオロオロしてたら店員さんに捕まって、そりゃもうキラキラしたオーラに焼かれながら好みとか根掘り葉掘り聞かれた上に正確なサイズも測られ……ふふふ、ひたすらおススメされたものに頷《うなず》く人形になってたよ……」

「そ、そうだったのか」

「あ、同じような理由で服屋も遠慮したいね。あれも店員さんに選んでもらうまで苦労したし、当分お腹いっぱい！」

その時のことを思い返し、うげぇとばかりに肩を落とし俯《うつむ》く美桜。

これまでオシャレに無頓着《むとんちゃく》だった分、てんやわんやになってしまったのだろう。その姿を想像して思わず噴き出してしまうと、抗議とばかりに脇腹を小突かれる。

ふと、初めて美桜が変貌《へんぼう》した格好で現れた時のことを思い返す。これほど可愛らしくなるとは思いもよらなかった。

「でも店員さんってすごいんだな。あと美容師さんも」

「ほんと、それ！　初心者にはあまり優しくなかったけど！　てわけで今度一緒に行くならえりちゃんとだね。その辺、詳しそうだしさ。店員さんより話しかけやすいし」

「……それがいいな」

「あ、もしかして今の間、あたしとえりちゃんがきゃっきゃうふふと下着を選んでるところ想像した？」

「いや逆に想像出来なくて愕然《がくぜん》としてた」

「あはっ、あたしも！」

「おい！」

そして話は振り出しに戻る。

再びほかに何かないかとモール内を見渡してみるものの、どれもピンと来ない。どこへ行っても美桜だといつも通りになることしか想像できないのだ。それはそれで楽しいのだが、ちょっと違うだろうと苦笑する。

良くも悪くも、互いのことを知り過ぎているのだ。

だからもし、これが英梨花相手だったらと思い巡らす。

どんな本を読むのか、どんな小物に興味を惹かれるのか、それからどんな味が好みなのか——子供の頃と違って、見た目だけでなく嗜好《しこう》も変わっていることだろう。きっと、どの店を訪れても新しい一面を知れるに違いない。

親交を深めるためにも今度一緒にどこかへ出かけようと考えていると、美桜が「あ！」と声を上げパチンと手を叩く。そして翔太の手を引き、ある場所を指差した。

「あそこ行こう、あそこ！」

「ゲームコーナー？　太鼓でも叩くのか？」

「ほほう、久しぶりにあたしの華麗なバチさばきをお見せしようか？」

「一時のめり込んでたよなぁ。真剣な顔で『プロになるにはどうすればいいんだろう？』、って相談されたっけ」

「ギャーッ、あたしの黒歴史！　それは忘れて、っていうかアレだよ、アレ！」

「あれは……」

美桜が指差す先にあるのは、撮影した写真を加工してシールにする筐体《きょうたい》。女子の間でずっと人気のあるものだ。当然、美桜ともども今までやった記憶はない。

「ほら、よくラブラブプリシーとかいうじゃん？　それにこんな機会じゃないと、ああいうのってやらないだろうし、せっかくだからさ」

「それもそうだな」

嬉々として目を爛々《らんらん》と輝かす美桜に釣られる形で、そわそわとする翔太。これまで縁のなかったものに、好奇心が騒ぐ。

そして中に入った瞬間、美桜は「わぁ！」と歓声を上げた。

「へーへー、こうなってんだ、っていうかほぼ個室だ！」

「ちょっとした秘密基地めいてるな」

「そうかも！　機能とかよくわかんないものいっぱいあるし！」

そんなことを話しながら、あちこち見たり弄ったりする翔太と美桜。

ある程度使用用途とかが分かってきたところで、ある問題に気付く。

「これ、どんなポーズで撮ればいいんだろ、こういうのとか？」

「確かなのは、そんな戦隊もののポーズは違うなとだけ」

「だよねー。こういう時は文明の利器！　えーっと『プリシー　ラブラブ　ポーズ』、っと……うあ」

「なんだよその声……うあ」

スマホで調べ始めた美桜がカエルが潰《つぶ》れたような声を上げたので、一体何事かと思って画面を覗《のぞ》けば、翔太も思わず同様の声を上げた。

「これは確かにラブラブだけどさ……」

そこに映るのは顔を寄せ合い、互いの顎《あご》を摑《つか》み合うポーズ。もう片方の手はそれぞれの腰に回されており、抱き合っている。

「……さすがに他のにしとくか？」

「いーや、ここで退いたら負けな気がする」

「え、マジでやんの？」

「なに？　もしかしてしょーちゃん日和ってる？」

「む、別にそんなんじゃないけど……そう言われたら俺も退けねえ！」

「おう、バッチこい！」

不敵な笑みを浮かべ両手を広げ、挑発する美桜。

幸いここは周囲の目を気にしないでいい。翔太は意識する前に動いてしまえと、勢いよく腰に手を掛け抱き寄せれば、美桜は「ぁ」と小さく驚く声を上げ、胸にすぽんと収まる。

そしてこめかみとこめかみをコツンと押し当て、顎をくいっと摑み上げる。

美桜はされるがままだった。

そしてどうしたわけか、しばらくそのままの体勢で動かない。

「……美桜？」

「っ！　あー、あはは……」

話しかけると我に返り頬を赤くした美桜が照れ笑い。

睫毛《まつげ》を伏せ、目を逸らしながら言う。

「いやぁ、しょーちゃんの力が強いとか、身体とかゴツゴツしてるとか、あたしすっぽり収まっちゃってるとか、そういうことをいきなり突き付けられたといいますか……」

「お、おぅ……」

そんなことを言われれば、途端に翔太も腕の中にいる自分とは違う美桜の柔らかい身体や体温、仄《ほの》かに漂う甘い香りを、女の子を意識してしまい、顔が赤く染まっていく。目の前の画面で確認できるから、ことさらに。

美桜もおずおずと同じポーズを取り、ぎこちない様子で言葉もなく黙々と写真を撮り終えれば、どこか名残惜しそうに身体を離す。お互いの顔が見られないとばかりに筐体の画面を見れば、そこに映るのは気恥ずかしそうにラブラブポーズを決める2人の姿。

翔太と美桜はまたしても「うあ」と嘆きの声を零し、顔を見合わせて笑いあう。

「あはは、何これ！　うっわー、あたしめっちゃ恥ずかしがってるし！」

「俺も何て顔してんだか！」

「これ、さすがに人にはお見せできないねー。えりちゃんでも躊躇《ためら》うかも」

「ならいっそ落書き加工で好き勝手やっちゃおうか？」

「お、いいねぇ。別に、というかむしろ失敗させるつもりでやっちゃおう……ってこれ、目がめっちゃ大きくなる！」

「あ、これとか猫耳が色んな所に生えるぞ！」

「このキラキラやばーい！」

「これが盛る、ってやつか」

そんな感じで制限時間いっぱい使っても加工が終わることはなく、結局中途半端になってこれは何⁉　といった、しかし初々しさに溢《あふ》れたものが出来上がり、２つに分けそれぞれ鞄に仕舞った。


そうこうしているうちに良い時間になっていた。

郡山モールを出れば西空はすっかり茜色《あかねいろ》に染まっており、翔太たちの影を長く引き伸ばしている。バスを降り、見慣れた道を、どちらからともなく手を繋《つな》ぎながら歩く。

翔太の胸の内を占めているのは、不思議な高揚。

隣にいる美桜はいつもより近く、しかし何か既視感があった。

それが何かと思い巡らせていると、美桜がふいに「ね」と声を掛ける。

「今日もだけどさ、こうしてしょーちゃんと偽装カップルしながら普段はしないことをやったり、初めての場所に行ってみたりして、ドキドキわくわくしたんだけど……これってさ、ちょっと子供の頃と同じだって思ったんだ」

にこりと笑う美桜を見て、すとんと胸に落ちるものがあり、目をぱちくりとさせる。

確かにこの偽装カップルを通じ、胸が掻《か》き乱されると共に、そこには幼い頃を彷彿《ほうふつ》とさせる郷愁や懐かしさというものがあった。きっと、かつて美桜と一緒に居て味わったものに酷似していたからだろう。

翔太はぱちくりとさせていた目を細めて口を緩ませ、偽らざる心境で同意する。

「そうだな。俺もなんか懐かしいって思った」

「こういうの、悪くないね」

「あぁ」

そう言って幼馴染《おさななじみ》の2人は、かつてのように茜色に染まる家路の中、無邪気な笑みを咲かせた。

第9話　大切で、掛け替えのない相手

学校生活もすっかり慣れて日常の一部になり、気も緩み始める4月後半に差し掛かる頃。

不意打ち気味に実施された実力テストの結果に、教室内は阿鼻叫喚《あびきょうかん》の体を表していた。

進学校だということを思い知らされた形だ。

「しょーちゃんあたしね、人の本当の価値はテストの点数なんかで決まらないと思うの」

「そうか、そうかもな。で、それはそれとして何点だったんだ？」

「……しょーちゃんあたしね、これ別に成績に反映しないし補習とかもないっていうし、実質テストなんてなかったと言っていいと思うの」

「そうか、存在自体を否定したくなるほど散々だったんだな」

「っ、実力テストのッ、バカヤローッ！」

翔太《しょうた》がやけに優しい声を掛けて微笑めば、美桜《みお》は両腕を上げて吠《ほ》え出した。どうやら点数はかなり悪かったらしい。

元来、美桜は勉強嫌いだ。去年、受験の時も相当苦労して教えたのを憶えている。その反動から、入学以来ほとんど勉強らしいことをしていないということも。

このままだと中学の頃と同様、中間テスト目前になれば泣きついてくるだろう。

ちなみに翔太はといえば、それなりといったところだった。どれも平均点以上をキープしている。実力テストはかなり難しいと感じたものの、妹が首席で入学したということもあり、兄として恥ずかしい目で見られないようコツコツ重ねた勉強が功を奏した形だ。

その英梨花《えりか》はといえば、やはりこの実力テストも好成績だったようだ。何人かのクラスメイトからいい機会とばかりに難問だったところを質問され、「そこは前置詞が」「yに代入するだけ」と答えている。相変わらず素っ気ない言い方で冷たく感じるが、翔太には人見知りを発揮して少々テンパっているのがわかり、苦笑を零す。

教室内ではそんな、実力テストに関する様々な光景が繰り広げられていた。

結果が芳しくなく悲愴になっている者、手ごたえを感じてはしゃぐ者、もう終わったことだと切り替えている者、エトセトラ。

そんな中、1人の女子生徒がよく響く大声を上げた。

「諸君、テストは終わった。終わってしまったのだ！　もういくら見返したところで点数は変わらない。いつまでもこの結果に囚われてはいけないのだ！　よってここにテストを忘れ、次の自分に活を入れるための壮行会を提案する！」

演説のように身振り手振りで気炎を揚げている、小柄でくりくりしたショートカットの女子生徒には見覚えがあった。

今西六花《いまにしりっか》。

同じ中学で美桜とも仲が良く、高校に入ってからもよくつるんでいるのを見かけている。

だから当然、すぐさま彼女に賛同するのも美桜だった。

「そうだそうだ、イヤなことは騒いで忘れちゃえ！」

ノリのいい美桜の言葉に、そこかしこから同意の声が上がっていく。

「高校生の青春はなにも勉強だけじゃないぞーっ！」

「テストの点以外にも大事なことがあるんだぞーっ！」

「私はここにイベントの幹事が出来ることを証明するっ！」

「やるならいっそ、盛大に！」

「よろしい、ならばラウンズでボウリングとカラオケ大会といこうではないか！」

「いえーいっ！　で、いつにする？」

「確かアプリの予約割りがかなりお得だったはず」

「とりあえず、人数確定させないと。行く人ー？」

「あ、それってオレらも行っていい？」

「ぜひぜひ、大歓迎！　っていうかついでにクラスの親睦会《しんぼく》も兼ねちゃう？」

「おーっ！」

美桜が楽しそうに話して煽《あお》れば、他の人もその笑顔に釣られてどんどん話の輪に入ってきて盛り上がっていく。

（こういうところ、変わらないな）

中学の時もそうだった。これは美桜らしい人徳とも美点とも言えるだろう。

今はその美貌《びぼう》も相まって少々眩《まぶ》しく映り、目を細める。ふぅ、と息を吐いて見守っていると、案の定美桜がこちらに向かって手を上げ、確認してきた。

「しょーちゃんも行くよねー？　えりちゃんも！」

「あぁ」

「…………ん」

すぐさま手を上げ返し、返事をする翔太と一拍の間を置き控えめに首肯する英梨花を見た美桜は、にぱっと笑みを咲かせて騒ぎの中心に戻っていった。


放課後、美桜は六花と一緒に急遽《きゅうきょ》開催されることになったクラス親睦会の詳細を決めるということで、先に帰ることになった。

隣をしずしずと歩くのは英梨花。こうして並んで歩くのは、なんだか久しぶりに感じる。

思い返すと、英梨花が我が家に戻ってきてすぐ美桜が転がり込んできたこともあり、3人のことが多い。それに話題を切り出す時は、いつも美桜だ。

だからというか、２人になると何を話していいかわからない。

沈黙が気まずいというわけではないけれど、しかし何か話さないと勿体《もったい》ない気がして。

ここ最近、美桜との偽装カップルのせいで付き合いが減っていたから、なおさらに。

何か取っ掛かりはないかと視線を巡らせていると、英梨花の様子が少し消沈していることに気付く。

はて、と考えるも一瞬。思い当たることといえば先ほどのことだろう。

「英梨花、もしかして親睦会、乗り気じゃないのか？」

「……人多いの、苦手」

「あー……」

翔太が訊《たず》ねれば、英梨花はほんのり眉《まゆ》を寄せて申し訳なさそうに言う。普段から人付き合いを苦手としている英梨花のこと、もし行ったところで隅の方で孤立するのは想像に難くない。それが分かっているのにわざわざその場に行くのも酷というもの。

悩まし気に「むぅ」、と唸《うな》る翔太。

元々英梨花の意思を確認せず、美桜に強引に引き込まれた形だ。

「なら、断っておくか？」

「……ん、いい」

そう提案するも、英梨花はふるふるとぎこちなく頭《かぶり》を振るのみ。

翔太が「でも――」と言いかけたところで、言葉を被せられる。

「兄さんとみーちゃん、行くから」

少し拗《す》ねたような、甘えるような声色だった。

どうやら自分だけ仲間外れになるのは嫌らしい。

確かに中心になっているお祭り好きの美桜が、行かないということはないだろう。その偽装カレシである翔太も、行かないという選択肢はない。そこまで配慮が足りなかったなと、気まずさを誤魔化すように頭を掻いていると、ふいに英梨花が耳元に口を寄せ、囁《ささや》いた。

「責任取ってね、兄さん」

「っ！　お、おぅ」

その言い方と、うっすらと妖しげな笑みを浮かべる様はまるで小悪魔そのもの。

翔太はそんな妹に、ドキリとさせられるのだった。

◇◆◇

クラス親睦会がある週末の朝、翔太は左半身に感じるもぞもぞと動く物体に起こされる形となった。

「美桜？」

「あ、しょーちゃん起きたんだ。おはよー」

思わず胡乱《うろん》気な声をもぞもぞ動く物体こと美桜に向けるも、その美桜はといえば何かを気にした様子はなく、マイペースに翔太の腕や胸に頭を乗せてはパシャパシャとスマホで写真を撮っている。

「むぅ、しょーちゃん目を瞑《つぶ》ってくれなきゃ『翔太ならオレの隣で寝ているぜ』的な絵が撮れないじゃん」

「朝から何やってんだよ」

「いっやー、こないだ彼シャツ撮ったでしょ？　何か物足りないと思ってたんだよねー。で、これだと！」

「……ったく」

隣で蠢《うごめ》く美桜は、またしても翔太のシャツを着ていた。昨日着ていたものではないので、勝手にクローゼットから取り出したものだろう。

どうせこれは思い付きでしていることに違いない。自由な奴である。

それはまだいい。美桜のその格好は、襟口から白い片方の肩がだらしなく露わになっており、まるで乱れた後のよう。さすがに目のやり場に困り、嘆息と共に顔を背ける。

「あ、大丈夫だよ。今日はちゃんと穿《は》いてるから！」

「聞いてねぇ！」

「あうち！」

思わずツッコミと共に手刀で頭を小突く翔太。これでもうおしまいとばかりに起き上がれば、美桜から「あぁん」と残念そうな声が上がる。

それを無視して部屋を出ようとすると、開きっぱなしのドアから英梨花がこちらを見ていることに気付く。その視線はとても冷ややかだった。

「……ぁ」

「……」

ギクリと心臓が縮み上がるのを自覚する。

兄と幼馴染《おさななじみ》が同じベッドで戯れている光景は、体裁が悪いなんてものじゃない。

「あ、おっはよーえりちゃん！　わ、もういつでも出られる状態だ。待っててね、ご飯作るから！」

しかし美桜は気に掛けた風もなく、ぴょんっとベッドから飛び降りるなり元気よく挨拶《あいさつ》をして、トントントンと階段を下りていく。

その後ろ姿を呆気《あっけ》に取られた様子で見送った英梨花は、「ふう」と息を吐いた後、ジト目を向けてきた。

「やっぱりアレ、兄さんの趣味？」

「っ、いや違う。アレはその、美桜が勝手にというか……」

「……」

翔太が言い訳を紡ぐも、どこか問い詰める目を向けてくるのみ。「うぐ」、と言葉を詰まらせていると、ふいに英梨花はいじけたように視線を逸らし、唇を尖《とが》らせて言う。

「言ってくれれば、私も着てあげるのに」

「…………え」

聞き返すよりも早く英梨花は身を翻す。わずかに見えた耳の先は、真っ赤に染まっていた。

翔太はその真意を摑《つか》み切れず、さりとて聞き返すことも出来ず、胸の内を搔《か》き乱されるのだった。

中天に差し掛かった太陽は、春らしい陽気を振《ふ》り撒《ま》いていた。

そこかしこに植わっている桜はすっかり新緑に覆われており、春の終わりを謳《うた》う。

気持ちの良い気候にバス停へと向かう足取りも軽く、翔太の数歩先を歩く美桜が鼻歌まじりに口を開く。

「いっやーこの服、しょーちゃん家《ち》に来た時以来だけど、また着る機会があってよかったよー。完全に簞笥《たんす》の肥やしになりつつあったし！」

そう言って美桜が踊るようにくるりと回り、短いスカートの裾《すそ》を翻す。際どいところが見えそうになり、英梨花が慌てて駆け寄り窘める。

「兄さんに見えちゃう！」

「おっと、それはそれは……てかしょーちゃん、見たい？　見とく？　ほら、今日は例の勝負下着だし！」

「みーちゃん！」

「……俺はそれに、何て答えればいいんだよ……」

「てへっ」

美桜が揶揄《からか》うようにスカートの裾を持ちあげようとすれば、英梨花がピシャリとその手を叩《たた》く。何やってんだと呆《あき》れて天を仰ぐ翔太。

ぷくりと頰を膨らませた英梨花に叱られる美桜を、プライベートなところではそんな様子がすっかりおなじみになった2人を見て、ふと思うことがあった。

（……姉妹、みたいだな）

クラスメイトには未だ人見知りしている英梨花も、美桜との間には何の遠慮も気負いもなく、数年の空白など感じさせない。

一方、妹の距離感や接し方を摑み切れていない翔太は、くしゃりと眉を寄せた。

ラウンズはボウリングやカラオケだけでなく、ビリヤードや卓球、ミニバスケにバッテイングセンターなどもある、複合アミューズメント施設だ。

この近辺で遊興に赴くとなれば、まずここを思い浮かべる人も多いだろう。バスで数駅と少々遠いところにあるものの、翔太たちも中学時代、よくここを利用していた。

待ち合わせ場所にもなっているバス停で降りるなり、六花から「おーい！」と、大きく手を振りながら声を掛けられた。

「こっちこっちー、って美桜っち私服も変化してる⁉」

「へっへーん、髪型変えた時ついでにね。ま、これしかないんだけど！　で、どうさ⁉」

「可愛いよ、っていうかびっくりだよ！」

「それはあたしも思う！」

「思うんかい！」

早速六花のところへ駆け寄り、きゃいきゃいと話に花を咲かせる美桜。

するとたちまち既に来ていた他の人たちにも囲まれ、「五條《ごじょう》さん似合ってる！」「私服姿もイケてるね」「それどこで買ったの？」といった言葉を矢継ぎ早に掛けられれば、「お店の人に丸投げだった！」「むしろ夏服とかどうしたらいいの⁉」といった、いつもの美桜らしい返事をしては笑いを誘う。

その中には男子も交じっていたが、以前とは違い、彼らから美桜に対する下心は感じられない。純粋に会話を楽しんでいるようだ。ひとまずは偽装カップルの効果が出ているのかと、胸《むね》を撫《な》で下《お》ろしながら見ていると、ふいに横から声を掛けられた。

「よっ、翔太」

「和真《かずま》も来てたのか……っと」「っ！」

「て、悪ぃ、妹ちゃん驚かせちゃったみたいだな」

急に現れた和真にビクリと肩を震わせ、反射的に兄の背の陰に隠れる英梨花。

その反応に怖がらせてしまったとばかりに、バツの悪い表情を作る和真。

つい無意識にやってしまった行動なだけに、英梨花は申し訳なさそうに微かに眉を寄せ、しずしずと顔を出し様子を窺《うかが》うも、和真もどうしていいか分からず視線を投げてくる。

翔太は、苦笑と共にくしゃりと妹の頭をひと撫でし、弁明するように言う。

「すまんな、俺の妹がその、まだ色々と慣れていないようで」

「あぁいや、オレだってまだ全員の顔と名前を憶えてないしな。それに――」

和真はそこで言葉を区切り、観察するように翔太と英梨花を見やる。そして皆とはしゃぐ美桜へと視線を移し、「ふむ」と顎《あご》に手を当て再びこちらに向き直り、肩を竦《すく》めおどけた調子で言った。

「なんていうか、これじゃ妹ちゃんの方がカ、ノ、ジ、ョ、って感じだな」

「っ！」

「い、いやこれくらい普通だろ？」

「そうかー？　オレ、ねーちゃんとそんなベタベタしないし、するところも想像できないしさ」

「あ、姉と妹じゃその辺、違うだろ」

「そうかなー？」

「ねね、何の話ー？」

和真の軽口に、少々取り乱す翔太。するとそこへ、横から美桜が何しているのといった様子でひょいっと顔を出す。先ほどまで話題の中心に居たのを見ているので、こっちに来ても大丈夫なのかと目を瞬かせれば、美桜は「あぁ」と苦笑を零す。

「いっやー、さすがのあたしも空気が読めるといいますか」

美桜に視線で促された先に意識を向けてみれば、「学校とイメージ違うね」「ちょっと冒険してみた」「そのブランド、オレも好きで」「夏服だけどさ」といった言葉が聞こえてくる。美桜を切っ掛けに、今日やってきた女子たちの服装について盛り上がり、彼女たちもまた満更でもなさそうだ。

考えてみれば初めて私服姿を披露する機会でもあったのだろう。気合を入れ、いつもはしないメイクをしている娘も多い。その様子を見た翔太も、納得したように苦笑を零す。

「なるほどな」

「ま、あたしは攻略対象外といいますか」

動機はどうであれ、これは普段気になっていた人と距離を縮めたり、学校とは違う自分をアピールする絶好のチャンスなのだ。そこに、既にカレシがいる美桜が居ればノイズになるというもの。

その一方で、純粋に遊ぶために来ている人も居る。六花もそうだろう。すっかり色めき立つ周囲にわたわたしている様子が目に入ったので美桜に目を向ければ、肩を竦められた。

それらを見た和真が、「ふむ」と呻《うめ》く。

「確かにこりゃ、翔太は妹ちゃんをしっかりガードしてあげた方がいいかもだな」

「あぁ、そうだな」

「えりちゃん可愛いもんねー、狙ってる人多そうだしあたしも守るよー。ってか長龍《ながたつ》くんもそうじゃないのー？」

「それは……ちょっとだけ、ね？」

「…………む」

美桜がぎゅっと英梨花に抱き着いて和真を揶揄えば、おどけて返す。その反応にどうすればいいかと困った英梨花が呻き声を上げれば、あははと笑い声が広がった。

そうこうしているうちに、六花から「皆来たし、そろそろ移動するよー！」という声が聞こえてくる。

美桜も「ちょっと行ってくる！」と声を掛け六花のところへ。パッと周囲を見回した感じ、この場に居るのは十数人、クラスの3分の1くらいだろうか。突発的な思い付きのイベントにしては人が多く、さすがに1人で捌《さば》くには数が多すぎるだろう。

出身中学もバラバラのようで、よくもまぁこれだけの人数を集めたと美桜や六花の手腕に感心していると、ふいに見えた人物に息を呑《の》む。

「……っ」

「兄さん？」

するとそれに気付いた英梨花がどうしたのかと袖《そで》を引き、顔を覗《のぞ》き込んでくる。

一瞬躊躇《ためら》うものの、英梨花もこれには無関係ではないだろうと判断を下し、視線である場所を指す。すると英梨花もまた瞠目《どうもく》し、思わずポツリと彼の名前を零した。

「北村《きたむら》、くん」

「……来てたんだな」

彼は仲の良いグループと一緒なのか、朗らかに談笑をしていた。

一見、特に何かしようとしているとは見受けられない。しかし、時折チラチラと美桜を見ているのだ。翔太と英梨花の眉間《みけん》に皺《しわ》が寄る。

この催しの中心が美桜だというのは周知の事実。それを承知でやってきているのだろう。先日の事件はまだ、皆の記憶にも新しい。一体どういうつもりなのだろうか？　とはいえ、迂闊《うかつ》な行動を起こすタイプとも思えない。

ただ1つ確かなのは彼の手前、偽装カップルだと疑われないようにするべきだろう。

「……兄さん」

「あぁ、今日は気を抜けなさそうだな」

翔太と英梨花はそれぞれざわつく胸に嫌な予感を抱きながら、最後尾に付いて行くのだった。

親睦《しんぼく》会という建前もあり、ボウリングは2人1組で作ったチーム同士の戦いとなった。ルールは単純、チーム内で交互に投げ合うだけで、後は通常のボウリングと同じ。

男子同士、女子同士でチームが作られているということもあり、翔太は場の空気を読んで和真と組むことにした。よしんばここで美桜と組んだとしても、カップルを相手にするチームも気まずくなることだろう。

交流目的ということもあり、対戦は自然と男子ペア対女子ペアという形になった。それも、普段はあまり喋らない相手とすることに。

翔太のボウリングの腕前は、運動自体得意ということもあり、同年代の中ではそこそこ上手いといったところだ。それは和真も同様で、なかなかのスコアを叩き出す。

一方、相手の女子たちはボウリング自体が初めてのようで、ガーターばかり。そこで和真が投げ方のコツを教えればたちまちピンに当たるようになり、彼女たちも快哉《かいさい》の声を上げる。

「わ、ほんとだ！」

「長龍くんすごい！」

「へへっ」

女子2人に賞賛の言葉を掛けられ鼻の下を伸ばす親友に、翔太は「まったく……」と呟《つぶや》き苦笑い。周囲に視線を巡らせれば、同じような光景が各所で見て取れた。

ペアを組んだ英梨花と美桜はどうしているのだろうと思い、そちらの方を見てみれば、ちょうど英梨花がガーターしているところだった。どうやら英梨花もボウリングが苦手らしい。

男子ペアが何かを教えようと腰を浮かそうとするも、すかさず美桜がぴったり張り付き、手取り足取りレクチャーしている。

それだけでなく、美桜は少し残念そうにしていた次の手番の男子にも何かを伝え、その結果ストライク。すかさず美桜がやったねとばかりに片手を上げ、ハイタッチ。2人の間に清々しい笑みが生まれる。するともう片方の男子も美桜にアドバイスを求めだす。そちらも美桜がボールの投げ方を身振り手振りで教え、見事にスペア。美桜がやるじゃんと肘《ひじ》で小突けば、彼は照れ臭そうに頬を掻《か》く。

どうやらあちらは上手く美桜が英梨花をガードしながらも、和気藹々《わきあいあい》とうまくやっているらしい。相変わらず誰かと打ち解けるのが上手いやつだ。とはいうものの、美桜が他の男子と仲良くしている姿は北村の目にどう映るだろうか。

　そのことを思いしかめっ面を作っていると、ニヤニヤと意地の悪い笑みを浮かべている和真に気付く。

「なんだ翔太、愛しのカノジョが気になるってか？」

「別に。ちょっとどうしてるのか気になっただけだ」

「ふぅん？　で、本当は他の奴に靡《なび》いたりしたらどうしようって不安だったり？」

「ははっ、それは全然気にしてねーよ」

「っ、へ、へぇ……」

「……なんだよ」

　和真の冷やかしに呆《あき》れたように答えれば、意外な反応に目を細める。

　すると同時に横から「「きゃーっ！」」という黄色い声が上がり、瞳《ひとみ》を爛々《らんらん》と好奇の色に輝かせた女子２人にぐいっと迫られ、思わず後ずさってしまう。

「この全然気にしてないところ、よっぽど信頼がないと言えないっていうか！」

「そうそう！　２人って小学校上がる前からの付き合いって聞いたけど、本当!?」

「前々から五條さん、葛城《かつらぎ》くんにだけ特別なところはあったけど！」

「付き合いたてにしてはラブラブしてないよね!?」

「でも通じ合ってるとこはあるよね！」

「本当はもっと前から付き合ってたとか⁉」

「「ねーっ！」」

「え、えっと……」

　矢継ぎ早に美桜とのことの質問を浴びせかけられ、返答に窮する翔太。

　そもそもが偽装なのだ。答えられようはずもない。

　しかし、北村の動向が分からない今、美桜との関係を疑われるわけにもいかなくて。

　翔太が目を泳がせていると、となりのレーンから「あ！」と声を掛けられた。

「そういや美桜っちって、随分前から葛城くん家《ち》に通い妻してなかったっけ？」

「い、今西⁉」

「か、通い妻⁉」

「ど、どどどういうこと⁉　詳しく！」

「親の仕事の都合でさ、夕飯自分でどうにかしなくちゃならないことが多いらしく、その時は付き合いが長い美桜っちが作ってたってわけ」

「いやまぁ、そうだけど……」

「「きゃーっ！」」

　六花のタレコミの言葉に女子たちの興奮した声が上がる。

「だから熟年夫婦みたいな感じのとこあったんだね！」

「もしかして同棲《どうせい》カップルが『そろそろ結婚する？』的なノリで付き合いだした⁉」

「……想像に任せる」

美桜が夕飯を作りに来ていることは、別に隠していることではない。六花だけでなく、古くから付き合いがある和真も当然、知っていることだ。別に隠すことではないものの、どうしてこのタイミングでという気持ちはある。

案の定女子たちの興味に油を注ぎ、「てことは両家公認⁉」「式には呼んでよ！」と妄想をヒートアップさせ、居た堪れなくなっていく。翔太は抗議とばかりにジロリと六花に目をやれば、ニッ、と何かをやり遂げたいい笑顔を返されるのみ。彼女としては良かれと思ってやったのだろう。

はぁ、とやるせないため息を吐く翔太。しかしこれはこれで、美桜との関係を周知し、強固にするのに丁度いいと前向きに思い直す。事実、注目を集め微笑ましく語られている。その中には北村もいた。こちらに気付いた北村はすぐさま顔を背け、そしてペアの男子にポンッと背中を叩《たた》かれながら何かの話をしだす。

「……」

明らかに何かがありそうな様子だ。

しかし今一つ彼の狙いや思いが読めず、翔太は眉《まゆ》を顰《ひそ》めるのだった。

ボウリングは大成功を収め、続いてカラオケへ。

全員一緒に入るために、いわゆるパーティールームを借りた。

教室の半分くらいの広さのそこは通常のソファーやテーブルの他、フラットシートや畳のコーナーや、ダーツなどもあって、まるでリビングめいていた。こうした部屋に初めて訪れる皆のテンションも、否応なく上がる。

こういう時、先陣を切って盛り上げ役になるのが美桜だ。

六花と一緒にステージに上がり、持ちネタにもしている少し前に流行《はや》ったポップなアイドルソングを振り付けと共に歌えば掴《つか》みは上々、一気にこの場の空気が活気付いていく。

そして美桜は他の人の番でも曲が始まるなり拍手で迎えたり、合いの手を入れたり、サビで一緒にハモったりして場を盛り立てる。

これだけの人数がいれば必然、皆が歌えるわけでなく、また歌うのが苦手な人もいる。英梨花なんかがそうだ。そういう人たちは部屋のあちこちで注文したスナックを囲んでお喋りしたり、ダーツに挑戦したり、連れだって外のドリンクバーへ向かったりなど、それぞれの楽しみ方を見出《みいだ》していた。

参加者はそれぞれ色んなグループを行き来するのが活発だった。きっと先ほどのボウリングのおかげで、普段交流しない相手と話す心理的ハードルが下がったおかげだろう。

だからというべきか、部屋の隅の方で壁の花になっていた英梨花のところにも、積極的に話しかける人がいた。

「葛城さんのその髪って、地毛なんだって？」

「綺麗《きれい》な色してるよね、珍しー」

「ね、ね、両親どちらか外国の人？」

「顔立ちも明らかに日本人離れしてるし、羨《うらや》ましいなぁ」

「ぁ……ぇっと……」

「祖母が北欧の生まれなんだ。で、それ譲り。俺は母親の血が濃くて、妹は父の血が濃くて、それで。俺の方が黒に近いくすんだ色してるだろう？」

ドリンクバーから戻ってきた翔太は、ふと目を離した隙に群がられた英梨花を守るかのように間に入り、カップを渡す。急に現れた翔太に目をぱちくりさせる彼女たちに苦笑しつつ、話題の方向転換とばかりに、自分の前髪を一房摑みながら話を続ける。

「これ、皆が思ってるほどいいもんじゃないよ。俺も中学入ってすぐ、上級生の怖い人たちに呼び出されてちょっとトラウマだし。それに小さい頃は他と違うって、色々」

翔太が窘めるように言うと、彼女たちはそのことを理解したのか、バツが悪そうに顔を背ける。きっと彼女たちも悪気があって言ったわけじゃないのだろう。それこそ、純粋にこの機会に英梨花と仲良くなりたいと思い、声を掛けたわけで。

少しばかり困惑交じりの重苦しい空気が流れる。

髪の色に関してはかつてのことを思い出したこともあり、ちょっと言い過ぎたかなと反省から眉を寄せていると、くいっと後ろから袖《そで》を引かれた。

「でも兄さんが、いつも守ってくれたから」

「え、英梨……ッ!?」「「「っ！」」」

そんな言葉と共に、こうした場では珍しく英梨花が蕾《つぼみ》が綻《ほころ》ぶようにはにかめば、翔太はドキリと胸を跳ねさせ、彼女たちも息を呑《の》む。

そして周囲の空気が一転、別の空気に塗り替えられ彼女たちもにわかに騒めきだす。

「そっか、葛城くん過保護なところあると思ったら」

「うんうん、兄妹《きょうだい》にしては仲良すぎると思ってたんだけど、なるほどね」

「いっやー、わたしもこんな風に守ってくれるお兄ちゃんなら欲しいわー」

「そりゃ葛城さんもブラコンになるよー」

「ぶ、ブラコッ!?」「っ！」

ブラコンという言葉に虚を衝かれたかのように目を丸くする葛城兄妹。傍《はた》からはそう見えるのかとか、兄妹とは疑われなかったのかとか、多くのことが脳裏を過る。

どんな反応をすればいいかと言葉を詰まらせていると、タイミングよくカラオケのところから「おーい」と声を掛けられた。どうやら彼女たちの番が回ってきたらしい。

一言断りを入れて去っていく彼女たちの後ろ姿を見送り、そちらはそちらで盛り上がり始めるところを見てから、ふぅっと肩を落として息を吐く。

するとまたも、英梨花から遠慮がちに袖を引かれた。

「ごめん、兄さん」

「え、何が？」

「私のせいで、皆と遊べてない」

「あぁ、そんなこと。気にすんな、むしろなんだかんだ今日は英梨花と一緒にこういう場に来られてよかったと思ってるし」

「っ、そういうこと言うから、ブラコンになる」

「揶揄《からか》うなよ」

「ふふっ…………ぁ」

「……英梨花？」

その時、ふいに英梨花が硬い声を上げた。どうしたことかとその視線を追えば、やけに目立たないようにして部屋を出ようとする北村の姿。

「そういやついさっき、みーちゃんも出て行ったかも……」

「っ！　それは……」

英梨花の言葉を裏付けるかのようにパーティールームを見回してみるも、美桜の姿が見つからない。偶然、というにはわだかまるものがある。

スッと袖を持ったまま立ち上がった英梨花は、翔太を急かす。

「行こう、兄さん」

「あぁ」

翔太と英梨花も、皆になるべく気付かれないようにこっそりと部屋を出る。

2人がどこへ行ったのかと注意深く周囲を見回せば、すぐにトイレへと向かう途中にある休憩スペースにいる北村の姿が見つかった。

こちらに気付いた北村は神妙な顔を向け、一瞬英梨花の姿に驚いたものの、すぐさまこちらに来いとばかりに頷《うなず》く。それはまるで、待ち構えていたかのようにも見えた。

いや、真実そうなのだろう。それを裏付けるかのように、彼の目の前には呼び止められオロオロとまごつく美桜の姿。

一瞬、北村が美桜に何かしたのだろうかと眉を寄せるが、小さく頭《かぶり》を振って否定する。まだ高校で出会ってクラスメイトとしても付き合いが浅いものの、基本的に生真面目で正義感も強い。短慮なことはしないだろう。ただ、あの時の公開告白が例外だっただけだ。

どうやら彼は、翔太と美桜の両方に話があるらしい。袖を引かれたままの翔太は英梨花を伴い、その身を2人の間に滑らせる。

北村はただ眉を少し寄せて、まるで査定するかのような鋭い視線を送るのみ。

「俺たちに何か用か、北村」

「……………………あぁ」

翔太が訊《たず》ねれば北村は瞑目《めいもく》し、たっぷり一呼吸の間を置いて簡素に答え、今度は明らかに疑念に満ちた目を向けてくる。

それを受けギクリとしてしまい、ゴクリと喉《のど》を鳴らす翔太。後ろめたさが胸を滲《にじ》ませる中、北村は頬を赤く染め上げ少し言い辛そうに口を開く。

「ぼ、僕はその、五條さんのことが好きだ……っ！」

「ふぇ⁉」「っ！」「え、あ、あの……？」

「すごく些細《ささい》で単純なことと思われるかもだけど、初めて僕の目を見て話してくれたんだ。課題で、難しいかどうか聞かれて。どう答えていいかわからず素っ気ない態度を取り続けても、その後も何度も話しかけて笑ってくれて……それから気付けば目で追うようになってしまったんだ。ふと視界に入っただけでドキドキするようになってしまって……だから好きだと自覚した時にはその、あんな場所だというのに声を上げてしまって。いきなりのことで迷惑かけたと思う。ごめん、そこは反省してる……でも、後悔はしていないっ」

「え、あ、うん」「お、おぅ」「……」

早口で告げるいきなりの改めての告白に、面食らう面々。

一方で赤裸々に自らの想いを熱弁されれば、彼の本気具合も分かろうというもの。その気持ちは紛うことなく本物だ。

翔太の顔がくしゃりと歪《ゆが》む。美桜もまた胸に手を当て苦々しく俯《うつむ》き気味に顔を顰めていると、北村としてもそんな顔をさせるのは不本意だったのだろう、慌ててそうじゃないと両手を胸の前で振りながら弁明する。

「あぁ、今更別にどうこう言うつもりはないよ。冷静になって考えれば特に交流のなかった僕からいきなりそんなことを言われても、こうなるのも当然だ。けれど、わからないことがあるんだ」

「わからない？」

「君たちの様子が、今まで変わらなくて」

「そ、それはまぁ、腐れ縁だし……ほらボウリングの時に今西とかも言ってただろう？　今更ベタベタしないというか」

「う、うんうん。互いに気持ちも分かってるしね」

「でも僕は、自分の好きな人が、恋人が他の奴と喋《しゃべ》っていたり放っておかれたりして平気な顔をしているのが気になって……僕ならきっと、嫉妬《しっと》でおかしくなると思う……」

「っ！」「え、えーと……」

言葉に詰まる。

それはまるで、好きでもないのに付き合っているのではと問い詰められているかのよう。

また、ひどく北村に対して不誠実なことをしている自覚もあり、ズキリと胸が痛む。

案の定、猜疑心《さいぎしん》に満ちた苦々しい顔をした北村は、やけに真剣な声色で問う。

「葛城くん、君、本当は五條さんのことをどう思ってるんだ？」

ウソは許さない——そんな気迫と一途さがあった。思わずたじろぎそうになり、ちらりととなりの美桜を見れば、口を噤《つぐ》み暗い顔で俯いている。

（………）

美桜は男女の交際に、再婚した義母のこともあって思うところがあるのを知っている。

翔太は北村に、生半可な誤魔化しの言葉が通じるとは思わなかった。

ふと目を瞑《つぶ》り、美桜について思い巡らす。

小さい頃からの腐れ縁。

互いの良いところも悪いところも知り尽くし、気兼ねしないで済む仲。

そして幼い頃、唯一翔太たちの髪色を厭《いと》うことなく手を差し伸べてくれた女の子。

一体そのことにどれだけ救われたことか。きっとあの時美桜がまっすぐに自分を見てくれたから、性根が歪むことなく、今の自分があるのだろう。

くすりと口元が緩む。

「美桜は俺にとって大切で、掛け替えのない相手だよ」

「っ⁉」「っ！」「……っ」

その言葉は自然にするりと零れ落ちた。まぎれもなく、翔太の本音だった。

皆の息を呑む音が聞こえる。

北村は困惑と共に、どこか信じられないと瞠目《どうもく》し、顔を逸らす。

「なら……っ、でも……っ」

不承不承が色濃く滲む声を零したところで、丁度パーティールームからクラスメイトが数人顔を出した。手にはカップ、どうやらドリンクバーへと向かうようだ。

先日のことを思い返せば、この取り合わせを見られれば何と思われるやら。

「…………っ！」

空気を読んだのか北村は、俯いたまま身を翻す。

後に残された場に漂うのは、なんともモヤりとした空気。

翔太はそれを振り払うかのように、努めて明るい声を上げた。

「俺たちも戻ろっか」

「そうだね」

連れ立って歩き出す。しばらくすると、英梨花が付いて来ていないことに気付く。

「……英梨花？」

「ぁ」

「えりちゃん、行くよー」

「……ん」

振り返ると英梨花は少し茫洋《ぼうよう》とした様子で立ち尽くしていたものの、声を掛ければ目を瞬かせた後、駆け寄ってきてぎこちなく笑みを浮かべる。

翔太は変なところに巻き込んでしまったなと、曖昧《あいまい》な笑みを浮かべるのだった。


その後、特に問題もなくカラオケも終わった。

「はーい、会費集めまーす！」

「大きいのしかない人はりっちゃんに言ってねー、崩せるからー」

エントランス付近では、幹事である美桜と六花が会費を徴収している。

その少し離れたところでは、「楽しかった！」「またやりたいよね！」「会費も安かったし！」といった、和気藹々《わきあいあい》とした声が聞こえてくる。

彼らの声色は明らかに始まる前より弾んでおり、親睦《しんぼく》会は大成功と言えるだろう。

「……」

そんな中、憮然《ぶぜん》とした顔で陰鬱《いんうつ》なオーラを振《ふ》り撒《ま》く存在は、よく目立つ。

無視しようにも、そこから視線を投げかけられていたら、気にしないのも難しい。英梨花も眉根《まゆね》を寄せて、オロオロと困ったように目を泳がせる。

「あーその翔太、北村と何かあったのか？」

「和真……」

当然、そのことを気に掛ける人も居る。

和真が気遣わし気に訊ねてくるも、しかしどう答えていいかわからない。

戸惑いつつ北村の方へと目をやれば、彼もまた友人たちに囲まれていた。その様子はまるで慰められているかのよう。依然として顔には難色を滲ませており、時折こちらの様子を窺《うかが》う。

先ほど彼から語られた美桜への真摯《しんし》な気持ちを思い返し、騒めく胸に手を当てれば、当事者以外に、たとえ親友の和真であっても言うのは憚《はばか》られる。

だから翔太は、懊悩《おうのう》を隠し切れない顔で返事を絞り出した。

「何でもないよ」

「そう、か……」

なんとも釈然としない様子の和真。翔太も誤魔化すような愛想笑いを浮かべ、サッと目を逸らす。すると、視線の先に受付に向かう美桜と六花の姿。会計をしに行くのだろう。

先ほど会費を徴収していたのだから当然だ。

だけど何かが引っ掛かり、翔太は反射的に駆け出した。

「いやー、割引が色々重なると、人数が人数だけにすごくお得な気分だね！」

「平日だともっと安いし、今度は中間試験休みの平日とか狙うのもありかも！」

「うっ、そのことを思い出させないでよ——って、美桜っち⁉」

「……ぁ」

　するとその時、美桜がふらりと足をよろめかす。

　あわや倒れそうになるところを、間一髪翔太が美桜の腕を取り、事なきを得る。

「美桜、大丈夫か？」

「お、おぉ、うん、大丈夫」

「葛城っち、すっげー！　ナイスタイミング！」

「いやー、履き慣れないものだから、靴擦れしたのかも」

「……本当にそれだけか？」

「へ？　……って、しょーちゃん⁉」

「はわ、あわわ……っ」

　美桜の足、そして顔色を見た翔太は、横向きに抱きかかえた。いわゆるお姫様抱っこだ。いきなりの翔太の行動に美桜や六花からだけでなく、周囲からも「「「おぉっ⁉」」」と驚嘆の声が上がる。

　しかし翔太はそれらの声をまるで気にも留めず、近くの長椅子に美桜を座らせ、「しょーちゃん、自分で脱ぐから！」という美桜の声を無視して患部を露出させあらためる。

　美桜の踵《かかと》は靴擦れで薄皮がぺろりと剝《は》がれ、赤くなっていた。翔太は痛ましそうに眉間《みけん》に皺《しわ》を刻む。

「……結構擦れちゃってる。痛かったんじゃないか？　誰か絆創膏《ばんそうこう》もってないか？」

「いやまぁ、我慢できるくらいだし、なくても大丈夫だよぅ」

「バカッ、俺がそのちょっとした怪我で試合に出られなくなったの忘れたか！」

「っ！　うぅ、はい、そう、だよね……」

なんてことない風に言う美桜だが、かつての自分の身に起こったことを思えば、語気も荒くなる。なんせ間近で見てきたのだ。それに翔太が、切に自身のことを案じているというのが、分からない美桜ではない。

するとその時、六花がおずおずといった様子で絆創膏を差し出してきた。

「あの、葛城っち、これ……」

「お、サンキュ、今西」

デフォルメされた子犬がプリントされた可愛らしい絆創膏を受け取った翔太は、貼ろうとしたところで一度手を止め、患部にチュッと唇を寄せて吸い、ぺろりと舐《な》め上げた。

さすがに翔太の行動に、美桜も驚きの声を上げる。

「しょ、しょーちゃん!?」

「消毒代わりだ、我慢しろ」

「あぅぅ、しょーちゃんに辱められたよぅ」

「緊急事態だから仕方ないだろう」

あまりにも大げさなと感じた美桜の反応に、唇を尖《とが》らせる翔太。六花も「はわわ」と言って顔を真っ赤にして両頬に手を当てている。

はぁ、とため息を吐けば、ふと美桜の顔色に陰りがあることに気付く。呼吸も少し乱れており、怪訝《けげん》に思った翔太は美桜の額に自らの額をコツンと当てた。

「い、いきなり何を!?」

「……美桜、もしかしてちょっと熱があるんじゃ？」

「え、えーっと、それはそのぅ……」

よくよく見れば、じんわり汗もかいており、表情にも疲労の色が見える。

美桜は昔から、よく言えば頑張り過ぎるところがあった。そして、我慢を重ねてしまうというところも。先ほどの靴擦れの我慢だってそうだ。

高校最初のイベントである親睦会を成功させようと気合を入れ過ぎて、知らず疲労を蓄積させたのだろう。また、幹事をしているという責任感から、場の空気を壊さないよう我慢を重ねていたのかもしれない。

そしてふいに、かつて美桜が母を亡くした時のことを思い返す。あの時も母の代わりにならんとして、また寂しさを紛らわせようと過剰に頑張り過ぎて、ぶっ倒れた。あの時の泣きじゃくっていた美桜の顔、そしてどうしてすぐ傍で見ていたのにそこまで無理をさせたのかという、慚愧《ざんき》の念は忘れられそうにない。

翔太は自嘲《じちょう》を零し、そっと背を向け屈んだ。

「ほら、家までおぶっていくから乗れよ」

「え、いやその、えっと、あたし重いよ……？」

「なら、丁度いいトレーニングになるな」

「あ、ほら、ちょっと待てば痛みも引くだろうし……」

「いいから。心配させるな、バカ」

「……はい」

翔太が有無を言わさずピシャリと言えば、美桜は観念したのかおずおずと背中に乗ってくる。すかさず立ち上がり、ぎゅっと足を摑《つか》んで「ひゃっ⁉」と驚く美桜の声を無視し、背負いなおす。予想よりもひどく軽い身体に、びっくりして眉《まゆ》を寄せる。

「てわけだから今西、後は任せていいか？」

「え、あ、うん。任せて」

「あんがと。それから英梨花、俺と美桜の荷物それと靴、頼めるか？」

「んっ」

六花に後をお願いし、ラウンズを後にする。少し遅れて英梨花がパタパタと付いてきた。

そして翔太たちの姿が見えなくなったエントランスでは、「「「きゃーっ！」」」という空気を震わす大歓声が上がった。

エピローグ

△

親睦会の帰り道。

翔太《しょうた》たちは西日に長く引き伸ばされた影を重ねながら、家路を歩く。

まだ少し冷たい春の終わりの風が、羞恥《しゅうち》に染まった翔太の顔を撫《な》でる。

「ええっと、《お姫様抱っことか初めて見た！》《美桜《みお》っちってば大切にされてる！》《あーしもあんな風に助けられたい》……あ、また来た。今度は《葛城《かつらぎ》くん、めっちゃ早かったし！》《カレシめっちゃ欲しくなった……》《自然な感じがまたいいよね！》だって」

「あぁ、そうかよ」

「ま、言われるのも仕方ないよ。あの時の兄さん、さながらお姫様を守る騎士みたいだったもんね」

「うぐ……っ」

先ほどから引っ切り無しに届けられるメッセージを、器用に読み上げる美桜。英梨花《えりか》も少し呆《あき》れ気味に、その内容に同調する。美桜を背負う翔太は羞恥で身を捩《よじ》らせることも出来ず、ただただ足早に家を目指す。

（……やっちまった！）

先ほどの自分を思い返す。よろめいた美桜を咄嗟《とっさ》に支えたかと思えば、有無を言わさずお姫様抱っこ。素足を曝《さら》け出《だ》させて靴擦れの傷口を舐め、おでこをごっつんこ。そして公衆の面前でおんぶして連れ帰る。

咄嗟のことだったとはいえ、それが周囲の目にはどう映ったことか。週明け学校で何と言われるかを想像すれば、気も重くなる。もっとも、後悔は微塵《みじん》もしていないのだが。

そんな翔太を目にした美桜は、さすがに弄り過ぎたと思ったのか、慰めるように言う。

「まぁまぁしょーちゃん、ポジティブに考えようよ。ほら、今日のこれで偽装が盤石になったってさ！　りっちゃんも、北村《きたむら》くんが目を丸くして唸《うな》ってたって言ってるし」

「……確かに、あれこれカップルを装わなくていいと思えば、気が楽か」

「そうそう、これからはこれまで通り、フツーに振舞えばいいだけ！」

「なら、ある意味これでカレシ役はお役御免だな」

「…………ぁ」

「…………美桜？」

美桜はいきなり息を呑《の》み、黙り込む。

どうしたのだろうか？　こちらからはその顔を窺えない。英梨花はいつもの外面の無表情で、わずかに目を瞬かせるのみ。首を捻《ひね》る翔太。

やがて家が見えてきた。

手が塞《ふさ》がっている翔太と美桜の代わりに、英梨花が素早く玄関に駆け寄り鍵《かぎ》を開ける。

それと同時に、美桜はひょいっと飛び降りた。とんとんと確認するかのように軽く跳ねる。どうやら怪我はもう、大丈夫らしい。

翔太が安堵《あんど》の笑みを浮かべれば、目が合った美桜は一瞬固まり、目をぱちくりとさせた。

少々気恥ずかしそうに頰を染めたかと思えば、一息に距離を詰め、桜色の唇を翔太の頰へと押し当てた。

「み、美桜っ⁉　い、いきなり何をっ」

「っ⁉」

翔太は突然のことに思わず飛びのき、瞠目《どうもく》する。唇を当てられたところを中心に、顔はこれ以上なく熱くなり、頭の中も真っ白になってしまう。

当の美桜本人はといえば、自分のしたことが信じられないとばかりに目を大きくし、口元に手を当てていた。

「え、えっとそれ、お礼……っ」

「お、お礼ってなんだよ！」

「く、唇の方が良かったかな⁉」

「そういう意味じゃなく！」

「そ、そういうわけだから！」

「あ、おいっ！」

そう言って美桜は脱兎のごとく家へと身を滑らせ、自分の部屋へと逃げ込んでいく。

後に残された翔太は茹《ゆ》だった頭に片手を当て、「なんだよ、もう」と掻きまわす。

英梨花はといえば、突然のことで固まってしまっていた。色素の薄い瞳《ひとみ》でこちらの顔をまじまじと見つめてくれれば、気まずい空気が醸成される。

翔太は愛想笑いを浮かべ、それらを払拭《ふっしょく》するよう、努めて軽い感じで言った。

「み、美桜にも困ったもんだな」

「……兄さんは」

「うん？」

「兄さんはあのキス、どう思ったの？」

しかし英梨花はそれを許さず、訊《たず》ね返す。その瞳はひどく真剣だった。

うぐっ、と言葉を詰まらせる翔太。

どう思ったかだなんて——

「挨拶《あいさつ》かなにかだろ、あんなの。ほら、父さんの国じゃ家族への挨拶みたいなもんだし」

「家族への、挨拶……」

「ほら、美桜ってうちのもう1人の家族みたいなもんだしな、ははっ！」

「……っ」

結局、翔太は誤魔化すようなそんな返事をするのだった。

◇◆◇

家へと逃げるように入っていく兄の背中を見て、英梨花はくしゃりと顔を歪《ゆが》める。

しみじみと思う。再会した美桜と兄の仲は睦《むつ》まじかった。

気を許しているのがよくわかる無防備な姿、遠慮なく言い放つ我儘《わがまま》や頼み事、だけど言葉の端々に感じる確かな絆《きずな》。

それはきっと、自分が居ない間に育まれたものに違いない。

だから美桜こそが、まるで翔太の妹のように見えた。

正直なところ、そのことが羨《うらや》ましくないと言えば嘘になる。

――もう1人の家族。

先ほど翔太から告げられた言葉が、ズキリと胸に突き刺さる。そこから滲《にじ》むのは不安と焦燥。

今日の帰り道、翔太に背負われていた美桜の姿を思い返す。かつてはあんな風に背負われていたのは自分の方だったではないか。

あぁどうして今、あるべきところに自分が収まっていないのだろう？

どうしてかだなんてわかっている。遠く離れていた距離と時間がこうさせているのだ。

英梨花の目から見ても、先ほどの翔太と美桜は明らかに互いを意識していた。そして強く惹《ひ》かれあっていた。

このままいずれ強く結びつき、本物の家族になるだろう。

――自分を仲間外れにして。

それを回避するにはどうすればいいのか？

「……家族の、挨拶」

英梨花はそう呟《つぶや》き、自らの唇をそっと撫でた。

◇◆◇

部屋に逃げるように駆け込んだ美桜は、その勢いのまま布団へとダイブした。

「お礼ってなんだよ、もぉーっ！」

熱く茹だりそうになる頭を枕に押し当て足をジタバタ。うぅぅ～っと、漏れ出る低い唸り声。

頬の熱は一向に冷める気配はなく、心臓はますます早鐘を打つ。原因はわかっている。

「まるでマーキングじゃん、あたし」

あの時のキスは翔太からカレシ役はお役御免だと告げられた瞬間、他の誰かのものになってしまうんじゃという、子供じみた独占欲から衝動的にやってしまったこと。

そんな自分にびっくりだった。こんな恋愛に結び付くようなことをするとは露とも思っていなかったから、なおさら。

だというのに悪くないと思ってしまい、自然と唇に手を当てては先ほどの翔太の頬の感触を思い返し、顔がニヤつくのを自覚する。そんな自分に呆れてしまう。

「相手がしょーちゃん、だからなのかも」

小さい頃からずっと傍におり、何でも知っていて、考えることはなんでも手に取るようにわかる幼馴染《おさななじみ》だからだろう。

「……あ、れ？」

だというのに、ふと翔太が今どんな気持ちなのかを想像して——何もわからなかった。

すると同時に——のことを思い出し、その時の翔太の顔が浮かび上がる。浮かれていた心は急に冷めていき、代わりに浮上するのは不安と焦燥。それから翔太を求める欲求。

美桜は慌てて顔を上げ、ぐちゃぐちゃになっていく感情を追い払うように頭《かぶり》を振り、自らに言い聞かせるように拳《こぶし》を握り、鼓舞するように呟いた。

「しょ、しょーちゃんは家族みたいなもんで、さっきのは偽装とはいえカップルだし、セーフだよね」

◇◆◇

ブクブクと湯船の水面に、お湯の中で吐き出したため息が泡を作っていく。

翔太はまるでのぼせたかのように赤くなった顔で天井を仰ぎ、美桜にキスされた頰を撫でながら呟く。

「家族の挨拶ってなんだよ……」

先ほどの美桜の行為は、幼馴染としても偽装カップルとしても逸脱するものだった。

英梨花に対する言い訳も、まったくもって苦しいもの。

確かにそうした風習がある国もあるだろう。だけどここは日本で、翔太自身も日本人としての感覚で暮らしている。英梨花だってそうだろう。釈然としない表情で眉《まゆ》を寄せていたのが、目に焼き付いている。

驚いたものの、別にされたことが嫌だったとかいうわけじゃない。

男の自分とは違う唇の瑞々《みずみず》しさと柔らかさ、頰を染めはにかむ可愛らしい顔、ふわりと香る胸を騒めかせる甘い匂い——それらが引き金になって、美桜が女の子だと思い知らされてしまったのが問題なのだ。

「あぁ、くそっ」

美桜がイメチェンして以来、ドキリとさせられることはあった。そりゃそうだろう。中身そのままにゆるふわな外見で距離感もそのまま、女子としての隙が多けりゃハラハラしてしまうというもの。

そうしたことが色々あったが、それでも美桜は美桜だったのだ。

細かい世話を焼き、ご飯を作ってくれて、バカみたいな話で盛り上がり一緒に笑う。

ただ見た目が変わっただけ。

だから今日の親睦《しんぼく》会でのことも、家族相手に当然のことをしたまでだった。

それなのにそれらが全て、あのキスのせいでひっくり返されてしまった。

一体どういうつもりなのだろう？　もしこれが悪戯《いたずら》だとすれば、これ以上なく悪質だ。

だって、女の子として意識させられてしまっているから。どんな美桜の顔を思い返しても、胸がドキドキしてしまっている。

——ただでさえ、英梨花との距離も測りかねているというのに。

翔太はほとほと困った顔で、ポツリと言葉を零した。

「これからどんな顔すりゃいいんだよ……」

当然のことながら、その日の夜はキスのことばかり考え、中々寝付けないでいた。
せっかく夢の世界に旅立ったというのに、そこでも美桜が出てくる始末。
夢の中の美桜は照れたり恥じらったり、今まで見せなかった顔を見せてくる。
現実の美桜はこんなしおらしくもないし、迫って来ない。そのことはわかっている。
だけど、こうして蠱惑《こわく》的に挑発されれば反応してしまうというもの。
ドキドキと高鳴る鼓動。また、これが夢だという自覚もはっきりとあった。
はたしてこれは自分の願望なのか、それとも夢特有の荒唐無稽《こうとうむけい》なことなのか。
わからない。ただ頭の中はもう、美桜でいっぱいに占められていた。
流れに身を任せ、寄せられる唇に魅入られ、吸い寄せられるように自らの口も寄せ――
そしてふいに呼吸を止められ、息苦しさから意識を覚醒《かくせい》させた。
「ん……んぅ……」
「……んんっ⁉」
一瞬、何が起こっているかわからなかった。
目を開ければ、瞳を閉じた英梨花の顔。
互いの吐息がかかるほどの距離にあるのに、それを感じられない。
何故なら、お互いの唇と唇が塞がれていたから。

それは紛うことなくキスだった。

頭の中は混乱の極致に陥っていく。やがて翔太の覚醒に気付いた英梨花は唇を離し、ツッと2人の間に朝陽に照らされた銀糸が架かる。

「な、ちょ、英梨花っ⁉」

「兄さん、起きた？　……んっ」

「んんっ⁉」

目を開けた翔太を認めた英梨花は、にこりと笑みを浮かべて耳元で囁《ささや》き、再度チュッと唇を啄《ついば》む。そしてペロリと舌で自らのそれを舐《な》め、花が綻《ほころ》ぶような笑みを浮かべる。

「おはよう、兄さん」

「お、おはよう」

「もう時間だよ？」

「そ、それはそうかも、だけど、どうして……っ」

「どうしてって……挨拶でしょう？　昨日、兄さんが言ってたじゃない」

そう言って英梨花は「おかしな兄さん」、と言ってくすくすと笑う。

いきなりの妹のキスに、翔太は事態が呑み込めず、混乱の極致にあった。

時間を確認すれば、起床する時間。

起こしに来た？　でもどうして？

ぐるぐると思考が空回る中、ふいに英梨花に手を引かれて起こされる。

「もぅ、兄さん早く起きてってば。朝ご飯出来てるよ！」

「っ！　あ、あぁ……って！」

翔太がまごついていると、英梨花はそのまま手を摑《つか》んで階下へと引っ張っていく。

もう何が何やら。事態をよく呑《の》み込めず、されるがままになる翔太。

手のひらに伝わるのは小さく柔らかく、少しばかり冷たい、血のつながりが希薄な妹、英梨花の、異性《女の子》の感触。嫌でも先ほどの唇の感触も意識してしまい、頰が熱を帯びていくのがわかる。

その一方で、リビングから漂うコーヒーの香りと共に、美桜の後ろ姿にも気付く。

英梨花で占められていた心の中を、昨日のことを思い出せばたちまち美桜が塗り替える。

頭の中はぐちゃぐちゃだった。

どんな顔をしていいかわからないまま、なるべく普段通りを装い話しかけた。

「おはよ、美桜」

「お、おおおおぉおぉおぉおはよ、しょーちゃん！」

「……美桜？」

「え、えぇえぇぇぇっとその、朝ご飯今用意するからちょっと待っててね！」

美桜の反応は劇的だった。昨日のことを気にしているのがありありとわかり、目も合わせず挙動不審。しかし、慣れた手つきで朝食の準備を進めていく。

それがなんだか美桜らしくておかしくて、だけど可愛らしいと思ってしまい——その時
ふいに英梨花が顔を覗《のぞ》き込み、少し唇を尖《とが》らせながら囁いた。

「あぁいうみーちゃんの反応、新鮮だね？」

「っ、そういう日もあるだろう」

まるで咎《とが》められるかのように感じてしまった翔太は、少し拗《す》ねたような顔をする妹から目を逸らし、席に着いてコーヒーの入ったカップを眺める。

黒い水面に映るのは、英梨花と美桜で揺れているかのような自分の顔。

翔太は眉をよせ、それを一気に飲み干した。


その後、特に会話もなく家を出た。

ギクシャクした空気もそのままに、早朝の通学路にはアスファルトを叩《たた》く靴の音だけが響く。

気まずい空気が流れていた。このままでいいわけはないだろう。

だけど、どうすればいいのか見当も付かない。

するとふいに美桜が「あ！」と声を上げ、あわててスマホを取りだした。

「美桜？」

「いやぁ、今週の特売品のチェックしてなかったなって思いまして——あ、豚ブロックがかなり安いや」

「へぇ、それで何が作れるんだ？」

「まるごとチャーシューにしたり、角煮にしたり。切り分けてトンカツもいいかも」

「お、トンカツいいね。山盛りキャベツにソースかけてガッツリいきたい」

「あたしはおろしポン酢！　えりちゃんは？」

「んー、摺《す》りゴマのやつとか好き」

「お、それも旨そうだな。やべ、口の中がもうトンカツになってきた」

「あはは、じゃあ帰りにゴマも買って帰らないと」

「そういやみーちゃん、味噌《みそ》も切れかかってるって言ってなかったっけ？」

「おっと、そうだった。あとマヨネーズも誰かさんのおかげで思った以上に消費が早いから、補充しとかないと」

「……悪かったな」

翔太が拗ねたようにそっぽを向けば、美桜と英梨花から屈託のない笑い声が上がる。

他にも髪が長い人がいるおかげで風呂《ふろ》の排水溝の掃除の回数が増えた、今日の体育の時間が変更されて朝一で憂鬱《ゆううつ》、そろそろ購買のカツサンドを攻略したい等々。通学路を歩き電車に揺られつつ、そんな他愛のない話を咲かせれば、いつしか気まずい空気は霧散していた。そのことにホッと胸を撫で下《お》ろす翔太。

（……変に気にし過ぎてたみたいだな）

偽装カップルに、久しぶりの家での共同生活。お互い慣れないことをしていたということもあって、雰囲気に呑み込まれてしまっただけなのかもしれない。そう思うと、苦笑も零れる。

そして学校への最寄り駅に着き降車する時、ふいに美桜が足を取られた。

「っと、大丈夫か？　もしかして昨日の靴擦れか？」

「…………………あ」

昨日と同じく咄嗟《とっさ》に腕を摑むものの、どうしたわけか美桜はその体勢のまま固まってしまった。

そしてみるみる顔を耳まで真っ赤に染め上げていき、腕を振り払うかのように勢いよく身を翻す。

「に、日直！　そう、そういえば日直だったかもしれない！　先に行くね！」

「あ、おい！」

美桜はそれだけ言って、周囲の注目を集めながら一気に学校へと駆け出していく。

一体どうしたことかと呆気《あっけ》に取られた翔太に、英梨花が耳元に口を寄せ囁いた。

「今の昨日と同じ格好になってたね、兄さん」

「っ⁉」

「キスのこと思い出しちゃったのかも」

「え、あ……っ」

英梨花に指摘され、思わず美桜の唇が触れた頬に手を当てる。すると英梨花はつんっと翔太の唇を人差し指でつつく。

「兄さんも思い出した？」

「ち、違ぇよ！」

「ふぅん？」そこで英梨花は言葉を区切り、耳元に口を寄せて囁く。「それとも私の方？」

「っ⁉」

一気に顔が赤くなっていくのがわかった。

返す言葉に困った翔太を英梨花は満足そうに眺め、クスリと妖《あや》しげに笑って先を行く。

後に残された翔太の心は、英梨花と美桜によって一瞬にして塗りつぶされてしまった。

きっと2人を天秤《てんびん》に乗せれば、ぐらぐら揺れ動くクセにどちらか一方には傾かないのだろう。そして、自分の意志でどちらかに傾かせやしない。

「そもそも、どっちも家族だろ……っ」

翔太は自分に言い聞かせるように小さく呟《つぶや》き、天を仰ぐのだった。

あとがき

　はじめまして、もしくはこんにちは、雲雀湯《ひばりゆ》です！　正確にはどこかの街の銭湯・雲雀湯の看板猫です！　にゃーん！


　新しいシリーズの始まりです。義妹と幼馴染が一つ屋根の下という、かなり王道ド直球を投げました！　ベタとか言うな！　それはそれとして、いかがでしたでしょう？

　今作品ですが書くにあたって舞台は私の地元、奈良県をモデルにしました。葛城、五條、長龍、北村、今西……えぇ、全て奈良の酒蔵から名前を借りております。はい、お酒大好きです。奈良は日本酒発祥の地、美味しいお酒が多いですよ？

　とはいえ、あくまでモデル。あまり電車網は発達しておらず、移動の基本は車。郡山《こおりやま》モールのモデルになったところも最寄りの電車の駅からバスで数駅、学校の帰りにちょっと寄るには厳しい距離。なので、気軽に寄れるような立地にしてみたりと、改変していたりします。それでも下校時刻や土曜日などは、それなりの制服姿を見かけますね。きっと他に遊びに行くところが無いのでしょう。地方あるあるですね。ちなみに私は作中で翔《しょう》太《た》がそうであったように、よく自転車で利用しています。渋滞を気にせずに入れるのがいいですね。なお私が高校時代に利用していたモールもあったのですが、そちらは閉館してしまいました。寂しいものです。

ちなみに地元の奈良をモデルにしているということもあり、高校生の時どういう風に遊んでいたのかを思い返したりもしましたが……放課後は帰りにあまりどこかへ寄って帰らず、下校時刻まで漫研に入り浸ってお喋りや、TRPGをしていた記憶ばかりでしたね。今思えば、部室がいわゆる溜まり場になっていたのでしょう。ふらりと訪れれば誰かが居て、取り留めのないお喋りをする、ゲームをして遊ぶ。それが無性に楽しかったのを覚えています。きっとああいう空間は、学生時代ならではのものですね。いつか、そういったところを舞台にした物語も作ってみたいものですね。その場合どちらかというと高校の部活より、大学のサークル内の話の方が色々広がりそうな気がしますね。

ところで今作と一緒に「転校先の清楚可憐な美少女が、昔男子と思って一緒に遊んだ幼馴染だった件」ことてんびんの7巻も一緒に発売されているかと思います。帯にも書いてあるかな？　そちらの方はアニメ化企画も進行中ですので、是非この機会に手に取ってみてください！

最後に編集のK様、様々な相談や提案、ありがとうございます。イラストの天谷《あまや》たくみ様、美麗な絵をありがとうございます。私を支えてくれた全ての人と、ここまで読んでくださった読者の皆様に心からの感謝を。

また、物語はまだ始まったばかり。というより、こうして幕が上がりましたといった感じですね。1巻ということで、義妹や幼馴染がどんなキャラクターなのか。そしてどういう関係性なのかを示すことに注力しました。各キャラの過去に何があったかとか、色々と設定も作っていたりします。次巻以降はそれらを絡めつつ、3人の関係がどう変化していくのかを描いていきたいところ。

そんな彼らを応援し、再び皆さんと会うためにも、ファンレターを送ってくれると嬉しいです！

ファンレターに何を書けばいいかわからないって？
『にゃーん』の一言だけで大丈夫ですよ！

にゃーん！

令和5年　11月　雲　雀　湯

血《ち》の繋《つな》がらない私《わたし》たちが家族《かぞく》になるたった一《ひと》つの方法《ほうほう》

著　雲雀湯《ひばりゆ》

角川スニーカー文庫　23925

2023年12月1日　初版発行

発行者　山下直久

発　行　株式会社KADOKAWA
〒102-8177 東京都千代田区富士見2-13-3
電話　0570-002-301（ナビダイヤル）

印刷所　株式会社暁印刷
製本所　本間製本株式会社

◇◇◇

Printed in Japan　ISBN 978-4-04-114472-5　C0193

★ご意見、ご感想をお送りください★

〒102-8177 東京都千代田区富士見 2-13-3
株式会社KADOKAWA　角川スニーカー文庫編集部気付
「雲雀湯」先生
「天谷たくみ」先生

[スニーカー文庫公式サイト] ザ・スニーカーWEB　https://sneakerbunko.jp/